악마의 음악

OTHER VOICES

경우勁雨 현대 판타지 장편소설

WISHBOOKS MODERN FANTASY STORY

악마의 음악 16

경우勁雨 현대 판타지 장편소설

초판 1쇄 찍은 날 | 2019년 1월 16일
초판 1쇄 펴낸 날 | 2019년 1월 23일

지은이 | 경우
펴낸이 | 예경원

기획 | 위시북스
편집책임 | 이은송
편집 | 위시북스

펴낸곳 | 예원북스
등록번호 | 제396-2012-000132호
등록일자 | 2012. 7. 25
KFN | 제1-506호

주소 | 경기도 고양시 일산동구 호수로 646-24 위너스21II빌딩 206A호 (우)10401
전화 | 031-819-9431 팩스 | 031-817-9432
E-mail | yewonbooks@naver.com

ISBN 979-11-365-1066-2 04810
        979-11-89564-46-9 (set)

악마의 음악

완결

16

경우 勁雨 현대 판타지 장편소설

OTHER VOICES

WISHBOOKS·MODERN FANTASY STORY

Wish Books

CONTENTS

아마의 에마하

OTHER VOICES

◈ **1장** ◈
Coming Soon(2)

　다음 날.

　팡타지오의 공식 홈페이지에 건의 정규 앨범 발표일이 공개되었다. 11월 21일 앨범 판매 시작 및 바람의 노래 뮤직비디오 공개를 한다는 소식이 전해지자, 세계인의 눈길이 모두 홈페이지로 쏠렸다.

　그리고 3일 뒤, 독일의 베를린 리포트 사무실.

　코가 유난히 크고 짧은 곱슬머리를 가진 남자가 밤늦은 시간까지 기사를 쓰고 있었다.

　불이 꺼진 사무실에서 오직 노트북 화면의 불빛에 의지해 기사를 쓰던 그가 식어버린 커피를 한 모금 마시며 고개를 들자 누군가 사무실로 들어오는 것이 보였다.

"어? 젠스, 아직 퇴근 안 했어?"

젠스라 불린 흑인 남자가 테이크아웃 해온 커피 두 잔과 도 넛을 들어 보이며 웃었다.

"커피 다 식었지? 한잔하자고, 파울."

"와 안 그래도 따뜻한 커피 생각이 간절했는데 고마워."

"하하, 커피 중독자가 오죽했겠어."

포장 용기에서 커피를 꺼낸 젠스가 파울의 옆자리에 앉으며 커피를 내밀었다.

"무슨 기사길래, 밤늦게까지 써? 이거 뭐 의학계 소식 같은 데, 넌 사회부잖아."

파울의 노트북에 의학 그래프가 잔뜩 그려져 있는 것을 본 젠스가 화면을 보며 묻자, 파울이 따뜻한 커피로 손을 녹이며 진중한 표정으로 말했다.

"이거 극비인데, 국장님한테만 보고하고 쓰는 기획기사야. 실은 우리 형이 미국에서 개인 병원을 하거든. 그런데 얼마 전 부터 의사들 사이에 이상한 소문이 떠돈다는 거야."

젠스가 직감적으로 뭔가 있다는 것을 눈치채고 은근한 어 조로 물었다.

"뭔데?"

파울이 노트북의 터치패드를 조작하며 말했다.

"이거 봐. 미국 뉴욕 다운타운 병원의 머피 원장이 래리 과장과 함께 의학 세미나에서 발표한 자료야."

"이거 뭐 치료 효과 발표 자료 같은데? Musiktherapie(음악치료)?"

"어, 맞아. 그런데 이 자료 자세히 봐봐."

젠스가 꼼꼼하게 파울이 보여준 기사를 보았다.

어려운 자료를 일반인들도 이해할 수 있도록 쉽게 풀어 써 둔 파울의 기사는 이해가 쉬웠다.

꼼꼼히 기사를 보던 젠스의 눈이 점점 커졌다.

"이게 뭐야, 이게 말이 돼?"

놀라는 젠스를 본 파울이 그럴 줄 알았다는 듯 노트북 화면을 자신 쪽으로 돌렸다.

"안 믿기지? 나도 처음엔 장난치는 줄 알았어, 그런데 말이야. 지금 의학계 전체가 술렁이고 있어. 이 음악의 효과에 대해 나오고 있는 자료를 검증하기 위해 미국 의학장 로버트 템페스트가 직접 뉴욕 다운타운 병원에 방문하기까지 했다니까?"

"그래서? 그래서 검증이 됐다는 거야 뭐야?"

"아직 확실하지 않아, 그런데 로버트 템페스트가 그 이후의 학계 발표를 막지 않은 것으로 봐서는 진실일 가능성이 커."

"뭐? 아니 그런데 이게 말이 되냐? 간암 환자면 사망 직전까지 극한의 고통을 느끼는 것이 당연한데, 사망 직전까지 고통 없이 편안히 있었다니. 그리고 우울증, 조울증 환자가 정상에 가깝게 호전되었다니, 만화에서나 나올 이야기잖아."

"그러니까 말이야, 거기다 여기 봐봐. 알츠하이머 환자에 대한 기록인데, 알츠하이머의 진행이 멈췄어, 나은 것은 아니지만 4개월간 조금도 병이 진행되지 않았다는 보고도 있거든."

젠스가 심각한 표정으로 화면을 뚫어지게 보았다.

"이거 또 누가 알아?"

"국장님이랑 너, 나."

"아니, 우리 신문사 말고, 다른 기자 말이야."

"모르지, 나처럼 정보를 얻은 기자들이 있을지도 모르고."

"그럼 빨리 터뜨려야지 뭐 하고 있어?"

"하하, 그래서 야근하잖아. 그런데 넌 왜 왔어?"

"나야 연예부잖아, 케이의 정규 앨범 발표가 코앞이니 팡타지오 홈페이지를 24시간 모니터링해야지. 그런데 그 음악 말이야, 누가 만든 거래? 의사가 직접 치료 목적으로 만들어낸 건가?"

파울이 씩 웃으며 젠스가 사준 커피를 들어 올렸다.

"커피값은 퉁 치자."

"엉? 뭔 소리야?"

파울이 터치패드를 조작해 기사의 맨 위에 있는 기사 제목을 보여주었다.

케이, 음악으로 병든 자를 치료하다!

기사의 제목을 본 젠스가 벌떡 일어나며 소리쳤다.

"뭐라고? 이 음악을 만든 사람이 케이란 말이야!"

파울이 회전의자를 빙글 돌리며 웃었다.

"그래, 그것도 이번 정규 앨범에 들어가는 곡이야."

"헉! 야이! 좀 빨리 말해주지! 그래서, 음악은 어때?"

파울이 어깨를 으쓱했다.

"아직 들어볼 수 없었어. 한번 병원에 몰래 들어가서 들어보려고 했는데, 음악 치료는 병원 면회 시간 전이나 끝난 후에만 진행한다고 하더라. 그래서 의학 관계자나 환자가 아니면 들어볼 수 없어."

젠스가 안타까운 눈빛을 짓다가 황급히 자신의 PC를 켰다. 갑자기 PC를 켜는 그를 본 파울이 의자를 끌며 다가와 물었다.

"갑자기 뭐해?"

"비행기 표 예매해."

"엉? 어디 가는데?"

"뉴욕 가야지, 병원 근처에서 비벼보면 뭐라도 건지지 않겠어?"

"아서라, 절대 비공개래. 병원 관계자들한테 물어보니까 케이가 의학계를 위해 무료로 선 공개를 한 것이라, 절대 음악을 들려주지 않는다고 하더라."

"젠장! 그래도 가 봐야지!"

"됐어, 국장님도 그쪽은 포기하라고 하셨어, 아마도 케이가 호의로 한 일이라 병원 관계자들이 그의 의리를 지키려는 마음이 큰 듯해. 국장님 로비도 안 먹히래. 사실 정보 빼내려고 돈도 좀 쓰셨거든."

"응? 의사들한테?"

"그래, 세탁한 현금을 들이밀어도 절대 안 된다고 거절하고, 국장님이 비싼 레스토랑을 어렵게 예약해서 식사 대접을 하려고 해도, 얼굴도 안 내밀대. 웃긴 건 의사들뿐 아니라 간호사나 간호조무사들도 모두 조개처럼 입을 다물어 버렸다는 거야."

"뭘…… 어떻게 했길래 모든 직원이 한마음으로 음악을 보호하는 거지? 뭔가 거래라도 있었나?"

"아니래, 케이가 환자들을 생각하는 마음이 커서 무료로 제공한 것에 대한 예의라고 하더라."

"미국 의학계가 언제부터 그렇게 깨끗했냐?"

"그러게 말이야, 크큭. 하여튼 포기해라, 이제 며칠 후면 공개인데 뭐."

"아악! 이거 잡기만 하면 특종인데! 내 이름을 세상에 남길 수 있는 기회인데! 퓰리처상도 노려볼 만한데!"

"크크, 케이 음원 선공개 기사 썼다가 매장되지 않으면 다행이지, 너 그런 짓 하다간 케이 팬들한테 돌 맞는다? 그 사람들한테 케이는 신이라고, 천사도 넘어섰어, 이젠."

"에혀, 하긴. 그런 말 들어도 충분한 업적을 가지긴 했지. 대단해, 아직 학교도 졸업 안 한 사람이 말이야."

특종 기사를 포기한 젠스가 습관처럼 인터넷 주소창에 팡타지오의 주소를 치고는 로딩을 기다리다가 멍한 표정으로 중얼거렸다.

"이게…… 뭐지?"

파울이 젠스의 표정이 심상치 않음을 보고 허리를 숙여 PC를 보았다. 곧 그의 표정 역시 젠스와 마찬가지로 변하며 중얼거렸다.

"티져…… 티져 비디오인가?"

젠스가 재빨리 alt+tab을 눌러 바탕화면으로 전환 후 화면 녹화 프로그램을 실행했다.

그뿐 아니라 화면 캡쳐 프로그램까지 실행하는 것을 본 파울이 조바심을 내며 말했다.

"빨리 화면 확인해야지, 뭐 하는 거야?"

젠스가 화면에 시선을 고정한 채 검지를 까닥였다.

"넌 사회부라 모르는구나, 이거 방금 뜬 거 같은데, 좀 있으면 팡타지오 서버 폭발할 거야, 미리 녹화 떠놓고, 스크린샷 안 뜨면 기사 쓸 때 그냥 글만 써야 할 수도 있다고."

"아…… 팡타지오 서버 증설해서 이제 안 터진다고 들었는데."

"혹시 몰라, 이번은 첫 번째 정규 앨범이라 다를 때보다 관심도가 더 높단 말이야, 오랫동안 곡이 안 나오기도 했고. 자, 이제 확인해 볼까?"

화면 속 팡타지오 홈페이지에는 화면 가득 꽉 차게 올라온 풀 사이즈 팝업이 올라와 있었다.

바탕의 테두리가 하얀색으로 이루어진 박스 안에 네 개의 화면이 분할되어 있었고, 그 위에 간단한 앨범의 소개가 기재되어 있었다.

연신 스크린샷 버튼을 누르는 젠스가 화면을 보며 앨범 소개를 읽기 시작했다.

"일단…… 정규 앨범이라고 하기에는 곡 수가 좀 적구나, 네 곡이라니. 어? 이 곡은 뭔데 20분이 넘어?"

파울이 바싹 다가가 앉으며 노래 목록을 읽었다.

"물의 노래, 바람의 노래, 불의 노래, 땅의 노래? 앨범 제목이 The Nature(자연)구나, 스케일 큰데?"

젠스가 화면의 한 부분을 가리키며 자리에서 벌떡 일어났다.

"아니! 물, 불의 노래를 제외하고 나머지 곡들이 모두 피처링이 붙어 있어! 그, 그런데 땅의 노래라는 곡은 스넵 독과 네미넴이 피처링이잖아! 바람의 노래는 얼마 전에 기사가 떴던 한국 소녀들이고."

파울이 입을 떡 벌리며 젠스를 보았다.

"저기…… 이거 내 눈에만 보이냐? 앨범 프로듀서가 닥터 브레인데?"

"헉! 어디? 대박! 진짜네!"

"휘유, 도대체 인맥이 얼마나 대단한 거야?"

젠스가 다시 의자를 끌어 앉으며 말했다.

"아무리 사회부라도 관심 좀 가져라, 다른 사람도 아니고 케이인데. 닥터 브레 복귀곡에 케이가 참여했던 인연이 있잖아. 스넵 독과 네미넴은 'Break the wall'이란 곡에 참여했었고, 그건 무료 음원이긴 했지만 말이야."

파울이 그제야 생각난다는 듯 미간을 좁혔다.

"아아~ 생각났다. 몇 년 전 일이라 까먹고 있었네."

"자, 그럼 순서대로 한번 볼까?"

러닝 타임이 몇 초 되지 않는 영상 세 개를 재생하려던 젠스가 물의 노래가 표기된 부분에는 단지 바닷가의 모습에 홀로 서 있는 건의 뒷모습 사진만이 있는 것을 보고 의아한 눈을 떴다.

"이것만 영상이 없네. 뭐…… 타이틀이랑 거리가 먼 곡인가 보지. 그럼 바람의 노래부터 한번 보자고."

젠스가 노트북에 헤드폰을 연결하려 하자, 파울리 재빨리 스피커 선을 빼 와 내밀었다.

"같이 듣자고!"

피식 웃은 젠스가 헤드폰을 던져두고 스피커를 연결한 후 영상을 재생했다.

영상은 바로 시작하지 않고 검은 화면으로 변한 후 팡타지오의 필기체 로고가 멋들어지게 떠올랐다.

화면에 컨버스 사의 골든 구스 신발 두 쌍이 신발 끈이 풀어진 채 놓여 있었다.

잠시 후 하얀 손 두 개가 신발 한 쌍을 잡았고, 반대편에서 또 다른 손이 나와 다른 신발 한 쌍을 잡았다.

짧은 목을 가진 양말을 신은 네 쌍의 발이 골든 구스로 들어가고 하얀 손이 나와 신발 끈을 질끈 묶는 장면이 분할 화면으로 나온 후, 화면이 서서히 올라가며 검은 트레이닝복을 입은 두 명의 소녀가 머리를 질끈 묶고 멋진 포즈로 서 있는 화면이 나오자, 젠스가 배경을 보며 중얼거렸다.

"여긴…… 뭐야, 그랜드 캐니언인 것 같은데?"

두 소녀가 서 있는 배경은 수 천 년의 시간을 두고 단층을 이룬 미국의 그랜드 캐니언이었다.

　황야에 서 있는 두 소녀가 화면 속에서 뒤를 돌아보았다. 화면이 두 소녀의 사이를 지나 멀리 그랜드 캐니언 뒤를 비추자, 절벽 위에 한 남자가 검은 후드를 뒤집어쓰고 바지 주머니에 손을 넣은 채 고개를 숙이고 있는 모습이 점점 가까워졌다.

　드론으로 촬영된 듯 하늘을 날아 순식간에 남자에게 도착한 화면이 그의 머리 위를 맴돌자 서서히 후드를 벗은 건의 모습이 나왔다.

　검은 후드를 벗고 아련한 표정을 짓고 있는 건의 모습을 본 파울이 입에서 침이 떨어질 기세로 말했다.

　"와…… 이 사람은 남자가 봐도 진짜 아름답게 생겼네."
　젠스 역시 동의한다는 듯 고개를 끄덕였다.

　건이 양손을 서서히 들자, 어디선가 나타난 붉고 긴 실크 목도리가 바닥에서 떠올랐다.
　잠시 목도리에 시선을 준 건이 팔을 앞으로 쭉 뻗자 목도리 두 개가 일직선으로 날아갔다.
　펄럭이며 날아간 목도리를 따라간 화면의 끝에 여전히 같은 자세로 서 있는 두 명의 소녀가 잡혔다.
　목도리는 마치 살아 있는 듯 소녀들에게 다가가 그녀들의 눈을 가렸다.

눈을 감싸듯 머리 위쪽에 감긴 목도리가 펄럭임을 멈추자 갑자기 셔플 리듬의 음악이 폭발적으로 들려오기 시작하고, 눈을 가린 것이 맞는지 의심될 정도로 정확한 동작의 안무를 추는 두 소녀의 춤이 시작되었다.

케이 팝 특유의 군무라 불리는 동작과 폭발적인 댄스 음악이 곁들여지자 젠스가 소름이 돋은 자신의 팔을 들어 보였다.

"컥, 소름 돋은 것 봐."

파울 역시 마찬가지였는지 몸을 부르르 떨며 화면에 집중했다.

두 소녀는 날 듯한 스텝으로 셔플 리듬을 밟았고, 여전히 눈을 가렸지만 두 사람의 동작은 마치 한 사람이 춤을 추듯 정확했다.

그리 어려운 동작으로 보이지 않았지만, 이상하게 중독성 있는 춤이 반복되자, 자기도 모르게 그녀들의 동작을 따라 해 보고 있는 젠스이었다.

"죽인다, 이거 분명히 엄청 히트할 거야!"

화면 속 소녀들의 춤은 멈추지 않았고, 화면은 점점 빠르게 윤정, 진연을 반복하며 보여주다가, 멀리 양손을 들고 있는 건의 모습과 멀리 하늘에서 찍은 세 사람의 모습까지 추가되어 빠르게 변해갔다.

음악 역시 점점 빠르게 변하며 화면 전환이 무수히 일어나다가 쾅 소리와 함께 건의 얼굴이 클로즈업되었다.

화면 가득 떠오른 건의 얼굴이 화면을 노려보다가 작게 미소를 지은 후 끝나버린 영상은 검은 화면만이 남아 있었다.

하지만 젠스나 파울 두 사람 모두 정신을 차리지 못했고, 한참 시간이 지난 후 고개를 세차게 흔든 젠스가 정신을 차리려는 듯 한숨을 쉬었다.

"휴, 언제 봐도 대박이네. 이게 타이틀 곡인가?"

젠스의 말에 의해 정신을 차린 파울이 소름이 돋아 체온이 내려간 듯 자신의 어깨를 쓸어 보이며 말했다.

"와…… 케이는 댄스 음악도 하는구나, 도대체 몇 가지 장르를 하는 거야?"

젠스가 마우스를 움직여보다가 다급히 말했다.

"젠장, 사이트 반응 속도 느려지는 거 봐. 이 정도면 이미 천만 이상이 사이트에 붙어 있나 봐! 빨리 나머지 것도 봐야 돼!"

"그래, 빨리! 늦어서 못 보면 나 오늘 밤 못 잔다!"

파울의 재촉에 급히 불의 노래의 영상을 누르자, 영상이 재생되는 듯 다시 검은 화면에 팡타지오 로고가 떠올랐다.

어찌 됐건 불의 노래까지는 볼 수 있다는 안도감이 생긴 젠스가 팔짱을 끼고 화면을 보았다.

이번엔 흑백 화면 속 합주실의 모습이 나왔는데, 아무도 없는 합주실에 드럼과 건의 트레이드 마크인 화이트 팔콘, 그랜드 피아노와 베이스 기타가 스탠드에 걸려 있는 것이 보였다.

합주실 한켠 장식대에 손목시계 네 개가 나란히 진열되어 있는 모습이 점점 확대되었다.

언뜻 봐도 엄청나게 아름다운 네 개의 시계를 유심히 본 젠스가 말했다.

"이거…… 더 레이크 사의 시계들인데?"

파울이 화면으로 들어갈 듯 얼굴을 내밀며 말했다.

"맞아, 이거 얼마 전에 내가 기사 썼어. 화이트 팔콘, 오렌지 썬버스트, 블랙 펭귄, 실버 팔콘 콜라보 모델이야, 이거 전부 수제 시계라 저기 전시된 네 개만 해도 우리 연봉보다 비쌀걸?"

화면 속 네 개의 시계는 모두 동시에 움직였다.

한치의 다름도 없이 정확히 같은 속도로 같은 시간을 가리키는 네 개의 시계가 토해내는 시계 초침 소리가 조금씩 커지더니, 바람의 노래 영상을 볼 때의 음악 볼륨과 비슷한 수준까지 초침의 소리가 커졌다.

인간의 마음은 이상하게 큰 시계 초침 소리를 들으면 그 소리와 비슷한 속도로 심장박동 속도가 변하는 기분을 느낀다.

실제로 그렇지 않지만 커지는 초침소리를 들으며 두근거리는 심장에 기대감이 커진 파울의 눈에 화면 한쪽에서 검은 정장에 하얀 셔츠, 검은 넥타이를 매고 들어오는 짧은 반삭발의 흑인이 들어왔다.

난 드러머라고 광고를 하며 들어오는 듯 손에 드럼 스틱을 쥔 남자를 유심히 본 파울이 고개를 갸웃했다.

"어…… 나 이 사람 어디서 봤더라?"

젠스가 드러머에는 별 관심이 없었는지 손을 휘휘 저었다.

"케이는 전부 유명인만 쓰잖아, 어디서 유명한 세션맨인가 보지."

"아니야, 잠깐만. 화면 좀 멈춰봐 줘."

젠스가 스페이스 바를 눌러 화면 재생을 멈추자 파울이 급히 자신의 자리로 뛰어가 노트북을 가져왔다.

대기화면 상태였는지 터치패드를 만지자 바로 화면이 들어온 노트북에서 자신이 쓴 기사 중 더 레이크 사의 기사들을 모아 둔 폴더를 열어 기사를 확인하던 파울의 눈이 찢어질 듯 커졌다.

믿을 수 없었는지 자신의 노트북과 젠스의 노트북 화면을 번갈아 보던 파울이 자신의 노트북을 젠스의 노트북 옆에 놓으며 손가락질했다.

"맞네! 맞아!"

젠스가 몸을 앞으로 내밀며 파울의 화면을 보았다.

"뭐가 맞아?"

"이 사람! 이 사람 좀 봐!"

젠스가 파울의 노트북을 당겨 기사 속에 떠올라 있는 한 명의 사진을 보았다.

사진 속 남자는 화이트 팔콘의 제작사인 그리치 사의 CEO 프레드 존슨과 웃으며 악수를 하고 있었고, 그들 뒤의 광고판에는 그리치x더 레이크 라는 콜라보레이션 광고가 있었다.

고개를 갸웃하며 사내의 얼굴을 자세히 보던 젠스의 눈이 점점 커졌다.

놀란 그가 다시 영상을 몇 초 전으로 돌려 검은 정장을 입고 들어와 잠시 화면과 눈을 맞춘 아더의 모습을 확인한 후 파울을 보았다.

파울은 여전히 혼이 나갔는지 입을 떡 벌리고 있었다. 젠스가 떨리는 목소리로 화면을 가리켰다.

"이 사람…… 혹시 동일인이야?"

파울이 한참 동안 화면을 뚫어지게 보고 있다가 말했다.

"내 눈과 네 눈이 동시에 잘못된 것이 아니라면 맞겠지……."

젠스가 자리에서 벌떡 일어나 황급히 핸드폰을 찾아 어디론가 전화를 걸었다.

"네! 국장님! 저 젠스입니다! 지금 팡타지오 홈페이지에 케이의 정규 앨범 티져가 올라왔습니다! 네, 네! 아, 화면 녹화 중이고 스크린샷도 준비했는데 엄청난 일이 있어요! 케이의 앨범 중 불의 노래라는 곡의 티져를 보고 있는데 거기 드러머가 더 레이크사의 CTO인 아더 호지슨입니다! 네, 네! 확실합니다! 네! 알겠습니다!"

젠스가 핸드폰을 내밀며 말했다.

"너 바꾸래!"

파울이 핸드폰을 받고 한참 네네를 연발한 후 한숨을 쉬며 전화를 끊자 젠스가 물었다.

"뭐래?"

"뭐라기는, 확실히 확인한 후에 지금 바로 기사 올리래."

"나참, 진짜 케이는 놀라운 일만 골라가며 하는구나."

"빨리 보자, 확인 끝내고 바로 기사 써야 해. 지금쯤 다른 기자들도 보고 확인하고 있을지도 모른다고."

"알았어!"

영상이 다시 재생되었다.

이번에는 젠스가 아닌 파울이 아더가 등장하는 장면부터 스크린샷 버튼을 연타하며 영상을 보기 시작했다.

흑백 영상 속 하얀 벽 앞에 있는 대형 드럼 세트에 앉아 스틱을 빙글빙글 돌리던 아더가 정확히 울리는 네 개의 시계 초침 소리에 맞추어 드럼을 연주하기 시작했다.

시계와 같이 정확한 박자를 연주하는 아더는 그리 뛰어난 테크닉을 보여주는 것은 아니었지만, 드럼 연주가 계속될수록 젠스의 눈이 커졌다.

사회부라 연예 관련 부분에 대해 무지한 파울의 어깨를 툭 친 젠스가 떨리는 목소리로 말했다.

"너 지금 이거 얼마나 대단한 건지 모르지?"

화면에 시선을 집중하고 있던 파울이 고개를 돌렸다.

"뭐가? 그냥 드럼 연주하는 거잖아."

"흑, 주여 이 무지한 놈을 용서하소서."

"뭔 소리야, 그게? 내가 뭐가 무지하다는 거야?"

"야, 아무리 시간이 흘러도 박자가 안 흐트러지잖아, 시계 초침 소리와 동일한 박자로 지속적인 박자를 연주하는 것이 얼마나 어려운데, 이건 월드 클래스라고."

"웅? 시계 회사 CTO가 그런 수준의 드럼 연주를 하고 있다는 거야? 월드 클래스라는 말을 들을 수준으로?"

"그래! 이거 조금만 수준 있는 드러머가 보면 경악할 클래스야."

"으음…… 그래?"

파울이 잠시 영상을 멈춘 후 자신이 쓴 기사를 훑어보았다.

잠시 기사를 찾던 파울이 한 부분의 기사를 손가락으로 가리키며 말했다.

"여기 보면, 독자적인 무브먼트 개발을 하기까지 가장 영향을 주었던 것은 자신의 정확한 시간 감각이었다는 인터뷰가 있어. 이 사람 실제로 인터뷰 중에 아무 때나 리포터가 시간을 물어보면 초 단위까지 정확히 맞추더라고. 그때 엄청 놀랐었는데 이 능력이 이렇게 사용되는구나."

파울의 말을 들은 젠스가 그의 기사를 자세히 들여다본 후 놀란 눈으로 말했다.

"뭐? 그런 일이 있었어? 이건…… 드러머로서는 정말 축복받은 능력인데?"

파울이 자신의 노트북을 닫으며 젠스를 보았다.

"당시에는 '단지 그런 감각이 있으니 독자적인 무브먼트 개발이 가능했구나'라는 생각 정도로 넘겼지. 이걸 음악에 이용할 것이라고는 상상도 못 했으니까. 어쨌든 대단하다, 자신의 능력을 이런 식으로 이용해서 세계 최고라고 불리는 케이에게 선택되다니 말이야."

젠스가 고개를 갸웃하며 말했다.

"어? 잠깐만. 그게 아니었던 것 같은데……."

이번에는 젠스가 노트북에 떠오른 화면을 내린 후 자신이 썼던 기사를 검색했다.

폴더를 뒤져 예전의 기사들을 검색해 보던 젠스가 노트북을 가리키며 외쳤다.

"이거 봐! 내 기억이 맞았어. 아더 호지슨이라고 기록되어 있지는 않지만, 팡타지오의 4개월 전 공식 기사에 케이가 시간의 천재를 직접 발굴해 그를 드러머로 육성했다고 쓰여 있어. 그때는 자신의 밴드로 데려올 생각이라는 말은 없었기에 그저 팡타지오에서 새로운 천재 드러머가 육성되고 있다는 정도로 생각했었지."

파울이 화면을 자세히 보며 중얼거렸다.

"그럼 뭐야, 아더가 자신의 능력을 개발한 것이 아니라, 천재 케이가 그걸 알아보고 드러머로 육성했다는 거야? 휴…… 도대체 얼마나 대단한 인간이길래 남의 능력까지 알아보고 개발한다는 거야?"

"말이 안 나오네, 정말. 까도 까도 양파 같은 인간이야, 케이는."

"휴, 우리 같은 범인(凡人)은 천재들의 생각을 이해 못 하는 게 당연하지만, 케이는 정말 너무 한다, 열등감 느끼기도 너무 머네, 이 인간은."

"그러게 말이야, 백 분의 일이라도 따라잡을 엄두도 안 나는구나. 그냥 보기나 하자고."

포기했다는 표정으로 다시 화면을 동영상 재생을 멈춘 곳으로 되돌린 젠스가 스페이스 바를 눌렀다.

드럼을 연주하던 아더가 자신의 손목에 걸린 시계를 힐끔 보았다. 화면이 다시 장식장에 진열된 네 개의 시계로 바뀌고, 여전히 큰 소리로 울리는 초침 소리가 계속되었다.

정확히 5초 후 모든 시계가 12시 정각을 알리자, 화면이 전환되며 아더의 뒤에서 문 쪽을 잡았다. 정확한 시간에 문이 열리고, 검은 정장에 하얀 셔츠, 검은 넥타이를 맨 케빈이 선글라스를 쓰고 들어왔다.

화면이 그의 선글라스를 쓴 모습을 확대하며 멈추었다. 그의 얼굴 아래 멋들어진 필기체로 'Montana'라는 글귀와 케빈 윈스턴이라는 이름이 표기된 후 다시 재생된 화면은 푸른색 베이스 기타를 맨 케빈의 모습으로 바뀌었다.

금방 연주할 듯 기타의 현을 매만진 케빈이 다시 진열된 시계를 보자, 이번에는 네 개의 시계가 모두 12시 1분을 정확히 가리켰다.

케빈이 문 쪽으로 돌아보자 화면이 전환되며, 검은 가죽 라이더 자켓을 입고 평소와 다르게 섹시한 스모키 화장을 한 시즈카가 시크한 표정을 지으며 들어와 두 사람을 보며 싱긋 웃었다.

평소 단아하고 청초했던 이전과 다르게 퇴폐적이고 섹시한 이미지의 메이크업을 한 그녀가 웃자, 며느릿감처럼 보이던 그녀는 무척 잘 나가는 동네 노는 언니같이 보였다.

껌을 씹고 있었는지 연신 턱을 움직이던 시즈카가 어느 순간 턱을 멈추고 다시 진열장의 시계를 보자, 세 사람이 모두 시계에 시선을 집중했다.

영상에서 나오는 소리라고는 똑딱대며 울려대는 시계 초침뿐인 흑백 영상 속에서 네 개의 시계가 다시 클로즈업되었다.

조금씩이었지만 시계 초침 소리가 서서히 커지기 시작하자, 화면이 분할되며 시계 아래 삼 분할 화면에 시즈카, 케빈, 아더의 모습이 각기 비쳤다.

누군가를 기다리는 듯 시계에 시선을 집중하던 세 사람의 입가에 동시에 미소가 번지자, 네 개의 시계가 떠올라 합주실 중앙에 둥둥 떴다.

시계들의 이동에 따라 시선을 이동시킨 세 사람의 웃던 표정이 갑자기 진지하게 바뀌며, 각자 악기에 손을 올리고 뭔가를 준비하는 듯했다.

고개를 푹 숙이고 스틱을 잡은 양팔을 높이 든 아더는 금방이라도 높이 든 손을 내려치기 직전이었고, 선글라스를 쓰고 자세를 낮춘 케빈은 왼손으로 코드를 잡고 오른손을 현 위에 올려둔 상태였다.

시즈카는 씹던 껌을 키보드에 붙여 둔 후 두 눈을 감고 건반 위에 열 손가락을 모두 올렸다.

둥둥 떠 있는 네 개의 시계가 빙글빙글 돌며 서로 자리를 바꾸기 시작했다.

천천히 돌던 시계가 점점 속도를 붙여 빠르게 돌더니 이내 맹렬한 속도로 돌기 시작하며 잔상을 남기다가 어느 순간 화면 가득 붉은 불꽃이 폭발하듯 피어올랐다.

그와 동시에 시작된 아더, 케빈, 시즈카의 연주가 폭발하며 강렬한 록 음악이 연주되었다.

사이키델릭한 연주를 하는 세 사람이 동시에 한 곳으로 시선을 모으자 폭발 속에 나타난 건이 자세를 낮추고 화이트 팔콘을 들고 있는 것이 보였다.

화면이 멀리서 가까이 다가가며 건의 아름다운 화이트 팔콘을 바디부터 넥까지 훑고 지나가자, 곧바로 건의 기타 연주까지 함께 울려 퍼졌다.

강렬한 록 음악을 연주하는 건이 미소 띤 얼굴로 셋을 바라보자, 마치 자신들을 인도할 리더가 나타났다는 표정으로 환하게 바뀐 세 사람이 열정적인 연주를 시작했다.

멍하게 영상을 보던 젠스가 어깨로 파울을 툭 건드렸다.

"몬타나의 음악과도 다르고 레오파드와도 달라. 이건 마치 전성기의 레드 제플린과 더 도어즈를 합쳐놓은 것 같은 음악이네, 사이키델릭한 록과 그루브 록을 합쳐놨어. 엄청나게 강렬하면서도 신비로운 음악이야, 이게 불의 노래인가?"

영상 상단에 제목을 확인한 파울이 고개를 끄덕였다.

"처음 누를 때 봤잖아, 불의 노래 맞아. 이름이랑 진짜 잘 어울리네."

두 사람이 대화를 나누던 도중 건이 마이크 스탠드 앞에서 노래를 시작했지만, 그의 목소리는 들리지 않았다.

뭔가 목이 터져라 노래를 하고 있지만 아무 소리도 들리지 않자, 스피커에 연결된 잭에 이상이 있다고 생각한 젠스가 잭을 조절했다.

하지만 역시 노랫소리는 들리지 않자 인상을 쓰며 노트북을 들어 아래쪽을 확인하는 젠스에게 파울이 고개를 저었다.

"아니야, 다른 악기 소리는 정확히 나잖아, 이거 일부러 목소리 안 들려주는 거야."

"뭐? 아 놔. 궁금해서 미치게 하네, 진짜."

영상 속에서 목에 핏대를 세우고 노래하며 기타를 치던 건이 화면을 노려보는 모습이 클로즈업되다가 그의 눈동자를 크게 비춘 후 화면 가득 다시 불꽃이 피어오르며 검은 화면으로 바뀌는 것을 본 젠스가 짜증 난다는 표정을 지었다.

"제길! 티져는 원래 궁금증과 기대감을 갖게 만드는 것이지만, 이건 궁금해서 미칠 지경이군! 나 오늘 밤에 잠 못 자면 팡타지오 네놈들 탓이다!"

파울은 짜증 낼 힘도 없는지 책상에 엎드렸다.

"휴, 이거 난 특별히 케이 팬도 아닌데 이 정도면 팬들은 기분이 어떨까? 길을 걷다가 모르는 놈한테 따귀를 맞은 기분일 것 같아."

"큭큭, 표현 예술이네. 나도 그런 기분이다, 진짜."

"에혀, 서버 상태는 어때? 땅의 노래까지 확인 가능하겠어?"

"아, 잠깐만."

뒤로 가기 버튼을 누른 젠슨이 마우스를 움직여보며 고개를 끄덕였다.

"아까보다 반응이 더 느려지긴 했는데, 그래도 움직이긴 하네. 서버가 살아 있긴 한가 봐."

"그럼 빨리 땅의 노래까지 보자, 괜히 시간 끌다가 영상 확인도 못 할지도 모르잖아."

"오케이!"

젠스가 서버 랙으로 인해 힘겹게 움직이는 마우스 포인터를 겨우 땅의 노래 영상 영역으로 끌어와 더블 클릭을 하자, 바로 재생되었던 앞선 영상과 달리 로딩이 길었다.

아무래도 영상 확인을 하는 동안 또 수만 명이 서버에 붙은 것으로 보였다.

긴장된 표정으로 로딩 표기를 보던 젠스가 환호를 질렀다.

"그렇지! 재생된다!"

하지만 영상은 그의 환호를 들은 듯 검은 화면에 팡타지오 로고가 떠오른 후 멈춰 버렸다.

파울이 고개를 푹 숙이며 한숨을 쉬었다.

"휴, 결국 못 보는 건가?"

젠스가 짜증스러운 얼굴로 스페이스바를 연타하는 것을 본 파울이 그의 손을 붙잡으며 말했다.

"야, 하지 마. 그래도 가만히 대기하는 게 더 확률이 높아, 지금 새로고침하면 또 대기열 뒤로 간단 말이야."

파울의 만류에 손을 멈춘 젠스가 턱으로 손을 괴고 가만히 화면을 바라보다가 물었다.

"땅의 노래 소개에는 네미넴과 스냅 독이 피처링을 한다고 써 있었지? 닥터 브레는 이 노래만 프로듀싱 한 걸까?"

파울이 아까 찍어둔 스크린샷을 확인하며 고개를 저었다.

"아니, 모든 음악의 프로듀싱은 닥터 브레라고 되어 있어."

"응? 불의 노래도 말이야? 바람의 노래까지는 이해가 되는데, 닥터 브레가 록 음악의 프로듀싱도 가능했던가?"

"글쎄, 그에게도 일종의 도전 같은 거겠지. 몇 년이나 앨범을 내지 못하다가, 케이와 함께한 이후 한 장의 앨범을 냈었잖아, 플래티넘까지는 못 갔지만 그래도 꽤 히트를 했었으니까 말이야."

"으음…… 아까 티저에 나온 사운드만 가지고 평가하자면, 최고 수준의 프로듀싱이긴 한데……."

"케이가 함께 도왔겠지, 그 사람 몬타나의 Fury에서 프로듀싱을 했던 경험이 있으니까."

"하긴…… 케이가 있는데 프로듀서가 누군지 뭐가 중요하겠냐. 그렇지만 땅의 노래는 힙합이라니, 닥터 브레의 프로듀싱이 제대로 들어갔다면, 음악의 퀄리티는 보장될 거야."

"야, 작곡자가 케이야. 프로듀싱이 누구던 퀄리티는 보장되겠지. 거기서 더 나아질 것이라고 표현해야 맞을 거야."

"후우…… 그러네. 이번 곡들도 전부 키스카 미오치치의 작사네? 이 꼬마도 진짜 천재인 것 같아."

"걔만 천재냐? 지금 케이 주변에는 전부 천재만 모여 있잖아, 네미넴과 스넙 독이 일반인으로 보이는 수준이니 말이야."

"후후, 그건 그러네. 어? 어어어!"

"뭐? 왜 그래?"

"여, 영상!"

"엉?"

"영상이 재생되고 있어!"

"뭣!"

두 사람이 동시에 움직이고 있는 팡타지오의 로고로 고개를 돌렸다.

◈ 2장 ◈
Coming Soon(3)

　검은 화면에 팡타지오의 로고가 그려진 후 화면에 강인지
바다인지 모를 곳에 석양이 지는 모습이 나왔다.

　BPM 100 이하의 부드러운 빠르기에 비트가 나오고 야자수
나무가 가로수로 서 있는 도로에 노란색 오래된 오픈카 한 대
가 올라탔다.

　LA의 아름다운 모습이 담긴 배경에서 길거리에 서 있는 스
넵 독이 자신 앞에 노란색 오픈카가 다가오자 허리를 숙인 후
선글라스를 코 밑으로 내려 안을 보며 웃었다.

　흑인 미녀들 두 명이 비트에 자연스레 몸을 흔들며 즐거운
표정으로 그에게 손짓하자 오픈카 뒷좌석에 탄 스넵이 반쯤
일어선 상태로 LA 시가지를 바라보았다.

흑인들의 문화가 고스란히 남은 LA 시가지의 자유로운 모습이 지나고, 후드를 뒤집어쓰고 터널 아래에 서 있는 네미넴이 보였다.

　스넵이 눈썹을 치켜들며 그를 가리키자 운전을 하고 있는 흑인 미녀가 양손을 머리 위로 들며 네미넴의 앞에 차를 세웠다.

　가타부타 말없이 차 문도 열지 않고 뛰어올라 스넵의 옆에 탄 네미넴이 그와 비슷한 포즈로 몸을 반쯤 세우고 다시 LA 도로를 달리기 시작했다.

　화면을 보고 있던 파울이 커피 한 모금을 마신 후 말했다.

　"조금…… 올드해 보이지 않아?"

　젠스에게서 답이 들려오지 않자 파울이 그에게로 고개를 돌렸다. 젠스가 몸을 잘게 떨며 화면에서 눈을 떼지 못하는 것을 본 파울이 그의 팔을 툭 쳤다.

　"어이, 왜 그래?"

　"……투팍 아마루 샤커 (Tupac Amaru Shakur)……."

　"응? 투팍?"

　"1996년에 투팍이 발표한 To Live & Die In L.A 뮤직비디오를 그대로 재현했어."

　"남의 뮤직비디오를 그대로 말이야? 이거 괜찮나?"

"던지려는 메시지를 모르겠어? 스넵이나 네미넴이나 투팍은 존경의 대상이라고, 어떤 뮤지션도 감히 그의 뮤직비디오를 따라 하지 않았어. 아니, 패러디조차 못 했지. 그렇다는 것은 자신들을 투팍과 동일시하는 건방진 행위이기도 하니까."

파울이 화면을 가리키며 고개를 갸웃했다.

"그럼 이건 자신들이 투팍 수준으로 올라왔다는 메시지인가?"

젠스가 고개를 저었다.

"아니, 1996년 흑인 힙합의 최고 전성기를 재현하겠다는 메시지로 보여."

파울이 고개를 끄덕이며 화면에 시선을 두자, 검은 양복을 입은 스넵과 네미넴이 하얀 국화꽃을 아무렇게나 묶은 다발을 들고, 한 공동묘지에 서 있었다.

누구의 무덤인지 알 수 없는 납작한 서양식 무덤 앞에 큰 비석들을 비추던 화면이 공중으로 솟아오르자, 꽃을 들고 무덤들을 내려다보고 있는 두 사람과 아름다운 공원과 같은 묘지가 한꺼번에 보였다.

화면이 점점 멀어지자 묘지 옆 야트막한 언덕의 꼭대기에 검은 정장을 입은 건이 앉아 있는 것이 보였다.

보통의 뮤직비디오에서 폼을 잔뜩 잡고 앉아 있는 가수들과는 달리 일명 양반다리라는 가부좌 비슷한 자세로 앉은 건은 알 수 없는 표정을 짓고 있었다.

응당 공동묘지에 왔으면 짓고 있어야 할 슬프고 경건한 표정이 아닌 밝으면서도 뭔가 알 수 없다는 표정을 짓고 있는 건이 멀리 보이는 스넵과 네미넴을 보았다.

따뜻해 보이는 햇살 속에 서 있는 두 사람과 건의 등이 한 번에 보여지고, 화면이 건의 옆으로 이동되며 그의 옆모습이 보였다.

날카로운 턱선과 우뚝 솟은 콧날을 가진 그가 손가락으로 코 밑을 비비며 살짝 미소를 지은 후 천천히 입을 열었다.

랩도 아니고 노래도 아닌 그저 독백 같은 읊조림은 건의 목소리가 들리지 않고 그의 입 모양만 보이며, 화면 아래 멋들어진 필기체로 자막이 처리되었다.

How many brothas fell victim to tha streetz.
얼마나 많은 형제들이 이 거리 위에 희생되었나.
Rest in peace young nigga, there's a Heaven for a 'G'
편히 잠들길 내 친구여, 갱스터들을 위한 천국도 있으니까.

젠스가 벌떡 일어나며 소리쳤다.
"투팍이야! 진짜, 투팍이 한 말이야, 이거 'Life Goes On'이란 곡에 나오는 부분이야!"

파울 역시 알고 있었는지 고개를 끄덕이며 심각한 표정으로 말했다.

"이거 좀 위험한 것 아니야? 케이는 동양인이지 흑인이 아니라고, 흑인들에게는 영웅시되는 투팍에게 정면 도전하게 되는 꼴이 될지도 몰라."

젠스가 일어선 채 팔짱을 끼고 고개를 저었다.

"케이는 이미 흑인들에게 영웅이야."

"응? 왜 영웅이야, 흑인들은 보통 동양인을 무시하지 않아?"

"관심 좀 가지라고 이 친구야. 케이는 흑인에게 닥터 브레를 돌려준 영웅이라고. 아들의 죽음 이후 음지에 숨지는 않았지만, 더 이상 그의 음악을 들을 수 없어, 미국의 힙합은 죽었다고 외치던 힙합 팬들에게 그를 돌려준 후 그는 흑인들 사이에서 영웅으로 불리고 있어."

파울이 잠시 생각해 본 후 반문했다.

"그래, 영웅이라고 치자. 그렇다고 해도 투팍은 건드리지 말아야 할 성역 아닐까?"

이번에는 젠스 역시 고개를 끄덕였지만, 그의 입은 그의 고개 움직임과 다른 말을 하였다.

"그래, 하지만 케이의 입에서 투팍이 언급되었다는 것은 그에 대한 정면 도전이 아닌, 90년대 최고 전성기의 힙합을 부활

시키겠다는 의미가 될 거야. 아까 케이의 표정에서 투팍을 애도하거나 도전하는 듯한 표정이 드러나지 않았어. 오히려 어떻게 하면 그때로 되돌아갈 수 있을지 고민하는 표정이었다고."

파울이 휘파람을 불며 소파에 깊숙이 몸을 묻었다.

"휘유~ 투팍이라니, 스케일 한번 엄청나네. 이거 당장 기사가 쏟아지겠군."

젠스가 부럽다는 표정으로 파울을 보았다.

"넌 좋겠다. 난 이 기사를 써봐야 다른 기자 놈들과 비슷한 기사가 나가겠지만, 넌 의학 자료를 토대로 새로운 사실을 알릴 특종을 쥐고 있잖아."

파울이 이제야 생각났다는 듯 급히 노트북을 열었다.

"아, 맞다! 그거랑 아더 호지슨에 대한 기사! 빨리 써서 올려야지, 아까 국장님이 자기 피드백 없이 바로 기사 올려도 된다고 하셨어, 의학 관련 기사는 거의 끝났으니 마무리만 하고 빨리 올려야지! 너도 어서 써!"

젠스가 자리에 앉아 의자를 끌었다.

잠시 기사를 쓰려고 폼을 잡던 그가 이미 기사를 쓰느라 정신없는 파울을 힐끔 보며 중얼거렸다.

"앨범 하나에 뮤직비디오가 셋이라, 그것도 모든 곡이 대형 사고라고 불릴 만한 충격을 주다니……."

파울이 기사를 쓰면서도 귀를 쫑긋거리며 말했다.

"가장 충격을 주는 곡은 뮤직비디오의 세 곡이 아니라, 지금 내가 쓰고 있는 기사일 수도 있어. 대충 보니 사진만 있는 물의 노래가 바로 이 곡 같은데, 앨범이 나와봐야 확실해지겠지."

머리를 쥐어뜯은 젠스가 팔꿈치를 책상에 대고 조용히 말했다.

"케이…… 이 사람은 음악의 신이라도 되는 걸까?"

노트북 화면을 보고 있던 파울이 그에게로 고개를 돌렸다가 피식 웃었다.

"아마도."

♪♫♪

늦은 밤 공개된 팡타지오의 티저는 새벽부터 터져 나오는 기사들로 인해 인터넷 뉴스 창을 도배했다.

밤부터 다음 날 오전까지 쏟아져 나온 기사들은 전 세계에서 백만 건이 넘게 리포트 되었다.

음악 관련 커뮤니티뿐 아니라, 연예, 유머, 게임 커뮤니티에서까지 건의 정규 앨범에 관한 이야기가 주가 되었다.

그리고 그날 점심 무렵, 독일의 베를린 리포트에서 나온 기사는 나오자마자 전 세계의 언어로 번역되어 세계로 퍼져 나갔다.

파울은 의학계에서 받은 자료를 토대로 그래프까지 추가하여, 우울증 등과 같은 정신병에 물의 노래가 음악 치료의 음원으로 이용되고 있으며, 의학계에서 이를 인정하고 더욱 연구에 박차를 가하고 있다는 기사를 자세히 풀어썼으며, 아직 암에 대한 것만 밝혀졌지만 고통스러운 환자들의 아픔을 덜어줄 수 있는 곡이란 언급했다.

생명 연장의 꿈을 실현하는 기적에 이르지는 못했지만, 고통에 신음하는 환자들에게 희망이 될 수 있다는 말과 알츠하이머의 진행이 멈춘다는 기사가 처음 발표되었을 때는 같은 기자들도 믿지 못했다.

결국, 의학협회로 몰려간 기자들이 이미 이 사실을 알고 있던 관계자들에게 효과가 증명되었다는 말을 확인하고 기사로 공개한 후에야 전 세계는 이 사실을 알고 경악했다.

아직 열흘 이상의 시간이 더 흘러야 정규 앨범이 공개되지만, 기자들은 앨범 공장까지 찾아가 그 앞에서 긴급 속보를 전하고, 건의 앨범이 공장에서 나오는 모습이라도 카메라에 담기 위한 노력이 계속되었다.

공장들은 미리 앨범의 표지도 유출해서는 안 된다는 팡타지오와의 계약을 했기에, 어떤 기자도 공장 내로 출입시키지 않았다.

이는 죽어가는 앨범 제작 공장을 되살려 자신들에게 삶을 찾아준 건에 대한 의리이자, 예의였기에 어떤 공장도 그의 앨범에 대해 조그만 사실 하나도 흘리지 않았다.

결국 발만 동동 구른 기자들이 팡타지오로 몰려가기 시작했다.

맨하튼 시내에 있는 팡타지오의 붉은 벽돌 건물은 수천 명의 기자로 이중, 삼중으로 둘러싸여 개미 한 마리 접근하거나, 빠져나오지 못하는 상태가 되었다.

밖에서 안으로 들어오는 직원들은 누가 되었든 약간의 정보라도 얻기 위해 발광을 하는 기자들에게 둘러싸여 녹초가 되어 들어왔고, 결국 구내식당으로 들어가는 식자재 트럭에 몰래 숨어 나가거나, 들어오는 지경이 되었다.

오십 명이 넘는 경호원이 철통같이 지키고 있었지만, 수천 명의 기자를 통제하는 것은 요원했기에 그들은 겨우 좁은 입구를 몸으로 막아 억지로라도 들어가려는 기자들을 막아내는 것에 급급했다.

결국, 린이 미국에서 고용하고 있는 대형 로펌의 변호사 두 명이 사무실로 와 기자들 앞에서 불법 침입이나, 점거 시 강력한 수준의 고소를 진행하겠다는 으름장을 놓고 나서야 물러선 기자들이었다.

하지만 그들이 물러난 것은 억지로 진입하려던 입구에서 물러난 것뿐이지, 팡타지오의 포위를 멈춘 것은 아니었다.

엄청난 수의 기자들이 옹기종기 모여 서로 논의를 하며 정보를 교환하는 것을 보며 길을 걷던 두 사람이 팡타지오 정문 앞 경호원과 눈을 맞추었다.

경호원은 익숙한 그들의 모습이 보이자마자 눈짓으로 모르는 척 오다가 문 쪽으로 들어오라는 사인을 해둔 상태였다.

그냥 행인이라고 생각했던 두 남자가 갑자기 팡타지오 건물 정문으로 들어가고, 경호원도 그들을 제지하지 않는 것을 본 기자들이 뒤늦게 우르르 달려들었지만, 그들은 이미 건물 내 주차장까지 진입한 상태였다.

"이봐요! 팡타지오 직원이시면 한 마디만 해주고 가세요!"

"정보를 안 주셔도 됩니다! 지금 내부에 케이가 있는 겁니까? 그것만 말해주세요!"

"물의 노래는 정말 기사 그대로 병을 치료하는 능력이 있는 겁니까? 한 마디만 해주세요!"

뒤에서 아우성치는 기자들을 힐끔 본 이태리계 미남이 등에 멘 밀리터리 백을 고쳐 맨 후 한숨을 쉬었다.

"휴, 난리 났군, 그래."

금발의 미남이 이를 드러내고 웃으며 건물을 올려다보았다.

"후후, 우리 아이의 첫 앨범인데 이 정도 난리는 나야지. 안 그래, 구시온?"

"훗, 그래. 파이몬 너도 이제 페이라고 불러야 할 시간이군."

"크크, 그래. 올라가자고."

1층 경호실에서 임시 출입증을 받은 파이몬과 구시온이 엘리베이터를 탔다. 케이 플로어를 누르는 파이몬을 보고 있던 구시온이 입을 열었다.

"그런데 이런 번잡스러운 시기에 왜 오라는 거야?"

"아직 앨범 발표일이 남아 있긴 한데, 처음 공장에서 나온 1차 앨범이 나왔다나 봐. 우리를 비롯해서 몇몇 감사한 사람들에게 가장 먼저 앨범을 주겠다고 와 달라고 하더라."

"그래? 음…… CDP가 없는데 하나 사야 하나……."

"킥킥 CDP를 사서 음악 듣는 악마라니, 신선하긴 하다. 키키킥."

"크크, 그러게 말이다. 그 녀석 때문에 별일을 다 해보네."

4층에 금방 도착한 엘리베이터의 문이 열리고, 건의 사진으로 장식된 복도를 지나 자동문을 열자, 창가에 서서 밖을 바라보고 있던 건이 고개를 돌리며 환하게 웃었다.

"페이! 구시온!"

몇 년 만에 보는 듯 반가운 얼굴로 달려와 두 사람을 동시에 안아준 건이 정말 반갑다는 표정을 짓자, 구시온이 멋쩍게 웃었다.

"얼마 전에도 봤으면서 뭐 그리 반가워하고 그래?"

"히히, 너희들은 언제 봐도 반가워. 매일 같이 있고 싶은 친구들이니까! 자, 이리 와서 앉아."

건이 두 사람의 손을 잡고 소파로 안내한 후 미리 챙겨둔 CD를 내밀었다.

"자, 페이, 구시온. 내 첫 번째 정규 앨범이야."

사인을 해뒀는지 포장지가 벗겨진 두 장의 CD를 받아 든 파이몬이 CD 케이스를 열어 표지를 뒤집자, 안에 건의 사인과 함께 써진 글귀가 보였다.

나의 소중한 친구, 페이에게.
너의 우정이 나에게 큰 도움과 힘이 되었어.
사랑한다, 내 친구.

글귀를 보고 웃음을 지은 파이몬이 한 장을 구시온에게 주려다가 그의 손에도 이미 CD가 들려 있는 것을 보고 남은 CD의 표지를 뒤집어 보고는 눈이 커졌다.

항상 응원해 주시는 당신의 묵묵한 외침이 나에게는 큰 힘이 됩니다.
모든 것은 당신 덕분입니다.

받는 사람이 지정되지 않은 글귀를 읽은 파이몬이 천천히 고개를 들고 건을 보았다.

싱글거리며 웃고 있는 건을 한참 바라본 파이몬이 물었다.

"너…… 뭐 기억나는 거 있어?"

웃고 있던 건이 고개를 갸웃하며 물었다.

"응? 뭘 기억해?"

"머리에 큰 충격을 받았거나…… 그래서 잃었던 기억을 되찾았다거나…… 뭐 그런 일 있었냐고."

"아니? 왜?"

파이몬이 받는 사람이 지정되지 않은 CD를 들어 보이며 말했다.

"이거 누구 주라고 준 거야?"

건이 웃으며 구시온을 가리켰다.

"아, 그거. 너에게 소중한 사람에게 주라고. 구시온도 두 장 줬잖아."

그제야 구시온의 손에도 두 장의 CD가 들려 있는 것을 본 파이몬이 낮게 안도의 한숨을 쉬었다.

'가마긴 각하를 만난 기억이 난 것인 줄 알았네. 휴.'

구시온도 잠시 긴장했었는지 안도의 한숨을 쉬는 것을 본 건이 이상하다는 눈빛을 하다가, 손바닥보다 조금 큰 네 개의 선물 상자를 꺼내 두 개씩 넘겨 주었다.

파란 선물 상자를 받아 든 구시온이 물었다.

"이건 뭐야?"

건이 소파 위에 있던 쿠션을 무릎 위에 올리며 웃었다.

"CDP야. 너희나 너희가 선물해 줄 사람들이 CDP를 가지고 있지 않을 것 같아서 준비했어."

어차피 CDP를 사야 할지 고민하던 구시온이었기에 환한 표정을 짓는 그였다.

"하하, 뭘 이런 것까지 주고 그래. 우리가 사도 되는데."

"부담 갖지 마. 앨범 공장에서 CD를 찍어내니 CDP 만드는 곳에도 사업이 잘 된다고 선물로 받은 거니까. 아직 몇 개 더 있으니까 더 필요하면 말해."

"후후, CDP가 여러 개 있어서 뭐 하겠냐, 크크"

"헤헤, 하긴 그렇지?"

파이몬이 CDP가 든 상자를 열어보고 예쁜 디자인에 만족하고 있는 도중, 자동문이 열리는 소리가 들렸다.

구시온이나 파이몬은 이미 상대가 누구인지 느끼고 있었기에 표정 관리를 하며 고개를 돌렸고, 건은 환하게 웃으며 자리에서 벌떡 일어나 달려갔다.

"샤론 교수님!"

자동문 앞에 샤론과 린이 서 있었다.

샤론은 건의 사무실에 와본 것이 처음이라 눈을 동그랗게 뜨고 내부를 살펴보며 말했다.

"와아, 팡타지오가 제대로 대우를 해주는군요. 제자가 이런 대우를 받으니 스승으로 기분이 무척 좋네요, 케이. 호호."

건이 샤론을 안아주며 그의 등을 밀었다.

"헤헤, 교수님. 보고 싶었어요. 이리 오세요, 린 이사님도 같이 가요."

건이 두 사람을 소파에 앉히며 말했다.

"이사님은 이미 아시고, 교수님께도 소개해 드릴게요. 제 친구 구시온과 페이에요."

샤론이 둘을 보며 지그시 미소를 지은 후 살짝 묵례했다.

"안녕하세요, 줄리어드의 샤론 이즈민 교수입니다."

파이몬과 구시온이 엉거주춤 일어나며 묵례를 했다.

"페이입니다."

"구시온입니다."

인사를 나눈 사람들을 본 건이 자리에서 일어나 카페테리아로 가며 말했다.

"페이는 마케팅 공부를 하는 학생이고, 구시온은 미술을 전공했어요. 페이, 구시온. 너희들도 샤론 교수님은 알지? 워낙 유명하신 분이니까. 이야기 좀 나누고 계세요, 커피 좀 내려올게요."

230평이 넘는 케이 플로어의 맨 끝에 있는 카페테리아로 걸어간 건을 보고 있던 구시온이 그의 눈치를 보며 작게 말했다.

"샤론 교수라고? 린 넌 우리엘인 걸 확인했고. 당신은 누구지?"

샤론이 고개를 돌려 휘파람을 불며 커피를 내리고 있는 건을 힐끔 보자 파이몬이 낮게 말했다.

"레미엘인가?"

샤론이 자신의 이름을 말한 파이몬을 보며 미소를 지은 후 살짝 고개를 끄덕였다.

"두 분에게는 고마워하고 있습니다, 여태껏 언제나 아이를 지켜보고 도와주신 파이몬 님, 그리고 근래 큰일을 막아주신 구시온 님. 두 분께 감사드립니다."

구시온이 미간을 좁히며 말했다.

"살다가 천사한테 감사의 인사도 다 들어보는군."

파이몬이 실소를 지으며 그의 어깨에 손을 올렸다.

"내가 아이와 친구가 되면 재미있을 거라고 했지? 어때, 새로운 경험을 잔뜩 해본 기분은? 크크."

"후후, 그래. 재미는 있군."

샤론이 미소를 지으며 다리를 꼬았다.

"가마긴 님은 잘 지내시고 계신가요?"

파이몬이 입술을 내밀며 고개를 끄덕였다.

"요새 성력이 끓어 올라 그걸 컨트롤하시느라 거의 못 나오셔."

무표정하게 있던 린이 나서며 물었다.

"왜 컨트롤을 하시지요? 칼리엘 님의 말씀으로는 이미 천사가 되고도 남을 성력을 모았다고 하시던데요."

파이몬이 두 사람을 보며 싱긋 웃었다.

"설마 가마긴 각하가 천사가 된 후 너희 둘의 밑으로 들어갈 거라고 생각한 거야? 모으고 모았다가 칼리엘과 동급, 혹은 미카엘에 근접하는 천사로 바로 올라가시려는 것이지. 그전까지는 천사가 되면 안 되니 컨트롤이 필요한 것이고 말이야."

무표정하던 린의 얼굴에 웃음이 떠올랐다.

"호호, 칼리엘 님이 아시면 분노하시겠군요."

파이몬이 웃음을 터트리며 멀리 떨어진 건을 보았다.

"너희들도 CD랑 CDP 받았나?"

샤론이 고개를 끄덕이며 말했다.

"네, 우리엘 님과 제게 다섯 장의 CD와 CDP를 주시더군요."

구시온이 의아한 표정으로 물었다.

"너희나 우리나 똑같이 둘인데 왜 너희는 다섯 장이나 줘? 아, 존 코릴리아노와 레온틴 프라이스의 몫인가?"

샤론이 고개를 저었다.

"아니요, 그 두 분께는 직접 가서 전해 드렸다고 해요."

"그럼 왜 다섯 장이지?"

샤론이 멀리서 커피를 내리며 콧노래를 부르고 있는 건을 지그시 보며 말했다.

"글쎄요, 뭔가 본능적으로 알고 있는 것이 아닐까요?"

구시온이 이상한 표정을 지으며 말했다.

"뭘 본능적으로 안다는 거지?"

샤론이 그저 웃음을 보이자 린이 작게 말했다.

"미카엘 님, 칼리엘 님, 나나엘의 존재를 말입니다."

파이몬이 미간을 좁히며 건을 보았다.

"알고 있다고?"

이번에는 샤론이 말을 받았다.

"아닐 거예요. 그저 어렴풋이 고마운 마음에 아무렇게나 챙겨준 것인데 우연히 맞아떨어진 것이겠죠. 알 수 있을 리가 없잖아요?"

"음…… 알고 있다면 문제가 되겠지. 그렇지만 알 방법이 없을 테니 그럴 리는 없을 테고…… 자신의 평생에 걸쳐 영향을 준 존재들에 대한 본능적 이해라고 봐야 하나?"

"호호, 아마도 그렇지 않을까 생각됩니다."

"으음…… 그렇군. 그럼 우리 쪽은 암두시아스와 가마긴 각하께 드리면 되겠어. 구시온, 네 것은 암두시아스에게 전해줘."

구시온이 고개를 끄덕이자, 파이몬이 작게 말했다.

"아이가 온다. 쉿."

쟁반에 커피를 가져온 건이 소파 앞 테이블에 커피를 올리며 웃었다.

"와, 너희들 우리 교수님이랑 이야기 잘 한다? 초면일 텐데도 말이야, 역시 페이 넌 넉살이 좋아, 하하."

파이몬이 웃으며 커피를 받아 들었다.

"나야 뭐, 아무나 하고도 금방 친해지긴 하지, 하하."

♪♫

커피를 나누어주며 웃던 건의 움직임이 조금씩 느려졌다. 느리게 린 쪽으로 웃음을 지으며 커피를 내밀던 건의 몸이 완전히 굳어버리자, 그를 보고 있던 네 사람이 일제히 천장을 보았다.

하얀 천장에 검은 소용돌이가 거대한 몸을 드러내고, 빨려 들어갈 듯한 심연의 소용돌이 속에서 검은 구두 한 쌍이 천천히 내려왔다.

검은색 정장 바지가 보이고 늘어뜨린 손에 검은 가죽 장갑이 껴 있는 것을 본 파이몬이 얼른 일어나 시립하자, 구시온 역시 파이몬 옆에 다가가 섰다.

린과 샤론 역시 정중한 포즈로 일어나 천장을 바라보자, 소용돌이 속에서 검은 선글라스를 쓴 장발의 남자가 내려와 바닥에 발을 디뎠다.

아무 말 없이 좌중을 돌아보던 그가 커피를 내민 채 굳어 있는 건에게 다가가 그의 머리를 쓰다듬어 주었다.

"수고했다, 나의 아이야."

파이몬과 구시온이 동시에 허리를 숙이며 말했다.

"가마긴 각하를 뵈옵니다."

말없이 파이몬과 구시온의 어깨를 툭툭 친 가마긴이 린과 샤론을 돌아보았다.

"우리엘, 레미엘. 오랜만에 보는군."

린이 묵례를 하며 말했다.

"무척 오랜만입니다, 가마긴 님."

"허허, 자네는 그토록 오래 아이의 곁에 있었는데 우리 눈에 걸리지 않다니 그것도 대단한 능력이군 그래."

"미카엘 님이 힘을 빌려주셨을 뿐입니다."

"후후, 그래. 레미엘 자네는 정말 감쪽같이 몰랐어."

샤론이 싱긋 웃으며 말했다.

"저 역시 미카엘 님의 힘에 의해 보이지 않았던 것뿐이지요."

그녀를 보고 웃어준 가마긴이 자리에 앉으며 말했다.

"앉지."

조심스럽게 자리에 앉은 린이 진중한 표정으로 물었다.

"때가 된 것입니까?"

가마긴이 고개를 저었다.

"아직, 아마 아이의 앨범이 나오고 곧 때가 오겠지. 함께하게 되면 잘 부탁한다."

린과 샤론이 동시에 고개를 숙였다.

"가마긴 님과 함께하게 되어 영광입니다."

대화를 듣고 있던 구시온이 물었다.

"듣기로는 한 번에 미카엘급으로 올라가려 하신다고 들었습니다만, 가능한 이야기입니까?"

가마긴이 사랑스럽다는 눈으로 건을 올려다보았다.

"생각보다 아이가 더 큰 사람이 되었거든. 그래서 가능했지."

파이몬이 잠시 침묵하다가 조심스럽게 말했다.

"천사가 되실 때…… 아이를 데려가시는 겁니까?"

구시온이 놀라며 가마긴을 보았다.

"이게 무슨 말입니까, 아이를 데려가시다니요? 천국으로 말입니까?"

린과 샤론 역시 처음 듣는 이야기였기에 놀란 눈으로 가마긴을 보았다.

여유로운 자세로 소파에 앉아 있던 가마긴의 미간이 좁혀졌다.

모두가 자신에게 시선을 집중하자 가마긴이 진지해진 표정으로 입을 열었다.

"데려가고 싶네."

누구보다 건을 아끼고 있던 린과 샤론이었지만 그가 천사가 된다면 영원히 그와 함께할 수 있기에 별다른 반대를 하지는 않았다.

하지만 파이몬과 구시온은 달랐다.

가만히 생각에 잠겨 가마긴을 보고 있는 파이몬을 힐끔 본 구시온이 격분한 표정으로 말했다.

"너무 이기적이신 것 아닙니다?"

"음? 이기적이라…… 무엇을 말함인가?"

구시온이 커피잔을 내밀며 웃은 채 멈춰 있는 건을 보았다.

"아이는 자신의 인생이 있습니다. 어릴 때부터 지금까지 아이를 움직여 음악을 하게 하고, 그것으로 성력을 얻으시어 목적을 이루기 직전이신 각하와 달리, 아이는 이제 막 피어나려 합니다. 그런 아이를 천사로 만들어 버리면 아이의 남은 인생은 어찌 되겠습니까? 또, 아이 주변에 남겨진 인간들의 슬픔은 어찌 감당하려 하십니까?"

가마긴의 표정이 조금 달라졌다.

천사, 혹은 하급 신으로 만들어주는 것이 아이에 대한 감사와 보상이라고 생각했던 그의 생각과 달랐기 때문이었다.

가마긴이 구시온을 뚫어지게 보았다.

평소 같았으면 감히 눈도 마주치지 못할 그였지만 어디서 나온 용기인지 가마긴을 정면으로 노려보는 구시온이었다.

가만히 그의 검은 눈동자를 보던 가마긴이 파이몬에게로 고개를 돌렸다.

"자네 생각은 어떤가?"

파이몬이 신중한 표정으로 생각을 정리한 후 말했다.

"구시온의 말도 일리가 있습니다. 아이는 인간이고, 인간에게는 자신의 인생을 살아갈 권리가 있지요. 우리 입장에서 원하지도 않는 아이를 데려다 키우고, 능력을 주고 음악을 하도록 종용했습니다. 작금에 와서는 그 누구보다 음악을 하길 원하는 아이가 되었지만, 그것이 본인의 의지인지 우리의 힘에 의한 선택이었는지 알 수 없지요."

파이몬이 숨을 고른 후 다시 말을 이었다.

"인간의 일생은 계속되는 선택으로 이루어집니다. 아이의 심성이 착했기에 수많은 사람을 도왔던 것은 본인의 선택이 맞습니다만, 음악을 하게 된 것이 그의 선택이었는지는 솔직히 모르겠습니다. 단지 악마의 마음으로라면야 인간의 하찮은 마음 따위는 무시하면 되겠지만, 각하께서는 천사가 되고자 하시는 것이 아닙니까, 아이를 이용만 하다 그의 의지와 관계없이 데려가시는 것은 좋은 선택 같지 않군요."

언제나 가마긴이 하는 일에 대해 맹목적 믿음을 가지고 실행하던 파이몬까지 반대하자, 가마긴이 샤론과 린을 보았다.

"자네들 생각은 어떤가? 정말 아이가 천사나 하급 신이 되는 것보다 인간으로 남은 일생을 살아가는 것이 옳다고 느끼는가? 아이의 미래를 생각한 후 말하게."

샤론은 뭔가 고민하는 듯 살짝 고개를 숙였지만 린은 즉시 입을 열었다.

"가마긴 님이 없는 인간 세상에 홀로 남겨지기에는 그가 가진 힘이 너무 커졌습니다. 그가 어떤 마음을 먹느냐에 따라 인간 세계는 전에 없던 대혼란을 맞이할 수도 있겠지요. 아마 가마긴 님께서는 그 부분을 우려하시어 데려가시려는 것 같습니다."

가마긴이 천천히 고개를 끄덕였다.

"맞네. 아이의 심성이 착해 스스로 그러한 선택을 하지는 않겠지만, 다른 악마들이 가만히 있을 것이란 보장은 없지 않은가, 이제 곧 내 눈치를 봐야 할 이유도 없어질 테니 말이야."

린이 가만히 그의 눈을 바라보며 말했다.

"제가 있습니다, 여기 레미엘 님도 계시죠. 또 파이몬 님, 구시온 님, 암두시아스 님도 계십니다. 가마긴 님 역시 천사가 되어도 아이를 지켜봐 주실 수 있지 않습니까?"

가마긴이 의외의 답이라는 듯 린을 보며 물었다.

"지금까지는 나의 행사를 감시하고, 엇나가지 않게 하는 의

도로 아이를 지켜 주었지만, 이제부터는 정말 아이의 인생을 들여다보기 위해 아이 주변을 지켜야 하네. 그러한 희생을 감수하겠다는 건가?"

린이 자신의 옆에 앉은 샤론을 보았다.

생각에 잠겼던 샤론이 서서히 고개를 든 후 린과 함께 눈을 맞추고 고개를 살짝 끄덕이는 것을 본 린이 미소를 지으며 말했다.

"우리에게도 단지 감시 대상이었던 인간이 아닌 사랑하는 자식 같은 느낌이 듭니다. 어차피 인간의 일생은 영생을 살아가는 우리 천사나 악마들에게는 찰나의 순간, 잠시 인간 세상에서 그의 일생을 지켜보는 것도 좋은 선택일 것 같습니다."

가마긴이 린과 샤론을 번갈아 보며 말했다.

"미카엘의 생각인가?"

린과 샤론이 동시에 고개를 젓자, 가마긴이 한숨을 쉰 후 자리에서 일어났다.

"아무래도 미카엘과 논의를 해봐야 결정을 내릴 수 있을 것 같군. 연결해 주겠나?"

린이 눈을 감자 린 주변에 하얀 나비들 여러 마리가 나타나 그녀의 주변을 맴돌았다.

한참 나비들과 교감을 하던 린이 눈을 떴다.

"지금은 어렵습니다, 너무나 많은 악마가 인간 세상을 주시하고 있기 때문입니다. 차후 미카엘 님과 독대하실 수 있도록 자리를 마련하겠습니다."

가마긴이 멈춰 있는 건을 힐끔 본 후 그의 어깨를 부드럽게 매만졌다.

"알았네. 그럼 난 이만 가보지. 성력이 들끓어서 오랫동안 자리를 비우기가 어렵군. 결정을 내릴 때까지 아이를 잘 부탁하네. 구시온, 파이몬. 암두시아스도 주변에 있으니 합류하게."

구시온은 여전히 가마긴이 이러한 고민을 하고 있다는 것이 불만스러웠지만, 지옥의 큰 부분을 지배하는 지배자의 입장에서 남의 이야기에 귀를 기울이고 결정을 미루었다는 것 자체가 색다른 일이었기에 그저 고개를 끄덕였다.

파이몬이 파란 선물 상자와 CD를 내밀며 말했다.

"아이가 전해달라고 합니다."

가마긴이 무슨 이야기냐는 듯 이맛살을 찌푸리며 CD를 열어 안에 적힌 글귀를 본 후 놀란 얼굴로 고개를 들었다.

그를 본 파이몬이 빙긋 웃으며 말했다.

"뭔가 아는 눈치는 아니었습니다. 그저 제게도 소중한 사람이 있으면 주라는 뜻이었던 것으로 보입니다."

입맛을 다신 가마긴이 피식 웃은 후 파란 상자 안에 든 CDP를 보았다.

이미 건전지를 넣어 두었는지 전원이 들어오는 CDP에 앨범

CD를 넣은 가마긴이 이어폰을 귀로 가져가며 좌중에게 눈인사를 건넨 후 검은 연기로 화해 사라졌다.

♪♪♩

가마긴이 사라지자, 몇 초 후 건이 아무렇지 않게 들고 있던 커피를 내밀며 웃었다.

"린 이사님? 설탕 한 개 맞죠? 헤헤 취향에 맞게 준비했어요."

린이 빙긋 웃으며 커피를 받아 들었다.

"고마워요, 건 씨가 타 주는 커피를 마시는 건 오랜만이네요, 아니, 이제 영광으로 생각해야 할까요? 호호"

건이 당치않다는 듯 고개를 맹렬히 저으며 말했다.

"영광이라니요, 린 이사님께는 평생 커피를 타 드릴 수도 있어요, 하하. 샤론 교수님도 마찬가지고요."

샤론에게도 커피를 준 건이 소파에 앉은 후 좌중을 돌아보며 웃었다.

"나한테 이렇게 많은 소중한 분이 있었네요. 뭔가 마음이 따뜻해지는 것 같아요."

건을 바라보고 있는 네 사람의 눈빛에 따뜻함이 맴돌았다. 한 명씩 눈을 맞추며 감사의 마음을 전하던 건이 울리는 인터폰 소리에 수화기를 들었다.

"네, 케이입니다. 네? 아…… 아, 네! 알겠어요, 올려보내 주세요!"

건의 얼굴이 확 밝아지는 것을 본 샤론이 물었다.

"누가 찾아왔다고 하나요?"

건이 자리에서 일어나 자동문 쪽으로 달려가며 외쳤다.

"카를로스와 롭, 미숀이랑 필립, 렉스, 비니가 전부 왔대요! 히히히!"

잠시 후 많은 사람이 찾아온 건의 방은 소파가 모자라 간이 의자까지 꺼내 와서야 모두가 앉을 수 있었다.

엎친 데 덮친 격으로 잠시 후 조니 립과 팀 커튼, 마들렌 맨슨까지 들이닥치자 케이 플로어는 그야말로 복작거렸다.

저녁 시간이 되자 술과 안주를 가지고 올라온 스넵과 네미넴, 닥터 브레까지 합류해 무척 많은 사람이 케이 플로어에서 술 파티를 벌이자, 기분이 좋았는지 취기가 올라온 건이 잔을 높게 들며 외쳤다.

"모두 축하하러 와 주셔서 너무 감사해요. 저에게 여러분 같은 친구들이 있어서 너무 다행이고, 무척 행복합니다!"

스넵이 소파에 반쯤 누워 있다가 잔을 들며 피식 웃었다.

"아직 축하하기는 일러, 아직 앨범 성적도 안 나왔잖아. 성적표가 나오면 다시 파티해야지! 그때는 웨스트 코스트 녀석 들이랑 이스트 녀석들도 함께 데려올게."

네미넴이 맥주 캔을 이빨로 깨물다가 고개를 돌렸다.

"이스트? 여기서 총부림 나라고?"

스넵이 손을 휘휘 저으며 말했다.

"아아, 요새 그 녀석들 안 싸워. 거기다 어떤 녀석들이든 케 이를 소개해 주는 자리인데 서로 앞다퉈 달려오겠지. 총 놓고 오는 조건으로 불러도 당장 달려올걸? 킬킬."

필립이 민 대머리에서 조금 자라 반삭발처럼 변한 머리를 쓸어내리며 말했다.

"메탈리카 녀석들도 널 보고 싶다고 전해달라더라. 한번 자 리 마련해 볼게, 괜찮지?"

건이 당연하다는 듯 웃었다.

"그럼요, 저도 좋아하는 분들인걸요, 제 쪽에서 더 부탁하 고 싶네요."

맨슨이 끼어들며 거들었다.

"림프 비즈킷과 린킨 파크 애들도 식사 한번 하자던데, 그냥 다 같이 볼까?"

필립이 맨슨에게 검지를 내밀며 웃었다.

"그거 좋은 생각이네, 그리 하자고."

조니 립이 끼어들고 싶은지 엉덩이를 들썩거렸다.

배우지만 록 매니아이기도 했던 그에게 앞에 언급된 뮤지션들은 영웅과 마찬가지였기 때문이다.

건이 그의 반응을 눈치채고 웃으며 말했다.

"조니도 함께 가요, 그분들도 조니를 보면 오히려 사인해 달라고 할 테니까, 하하."

조니가 반색하며 웃었다.

"오, 진짜요? 그럼 고맙죠, 후후훗!"

조니가 옆자리에 앉은 팀 커튼에게 자랑하고 싶었는지 그의 쪽으로 고개를 돌렸다가 의아한 눈으로 물었다.

"팀 감독님? 표정이 왜 그래요?"

이야기를 나누던 사람들이 일제히 그를 돌아보았다.

팀 커튼은 무엇이 마음에 안 드는지 연신 인상을 쓰다가 짜증 난다는 표정으로 말했다.

"망할 투자자 녀석이 서류만 빨리 검토했어도 작년 이맘때쯤 케이 저 녀석을 주인공으로 영화 하나 찍을 수 있었을 텐데 말이야, 이제 정규 앨범 내고 나면 나 같은 영화감독은 거들떠보지도 않을 거 아냐? 거기다 개런티도 천문학적이니 당당히 돈 주고 데려올 수준도 넘어섰고…… 에혀, 저 녀석을 앵글에 담아내겠다는 말은 취소해야겠군."

팀 커튼의 말에 모두가 웃음을 터뜨렸다.

한참 즐겁게 술과 안주를 마시며 그동안 있었던 이야기를 하던 많은 이들이 늦은 시간이 되자 서서히 건의 주위로 모였다.

창틀에 앉아 다가오는 사람들과 건배를 하며 이야기를 받아주던 건이 모든 사람이 자신의 주변으로 모이자 좌중을 쓸어 보았다.

가만히 그를 내려다보던 스넵이 말했다.

"이제 며칠 뒤면 진짜 시작이네."

건이 눈웃음을 지으며 잔을 들어 올렸다.

"그러네요."

네미넴이 허리를 숙이며 말했다.

"제대로 달리자고."

건이 린 쪽을 보며 말했다.

"이사님과 병준이 형이 어련히 알아서 해주실 거예요."

모두가 린 쪽으로 고개를 돌리자, 오랜만에 린의 얼굴에 자신감 넘치는 미소가 서렸다.

"맡겨두세요."

이틀 후.

린과 함께 비밀리에 뉴욕 케네디 공항에 나온 건이 목도리를 코까지 올려 쓰고 선글라스와 모자로 얼굴을 가린 채 초조하게 발을 구르고 있었다.

평소에 누군가를 마중 나올 때와는 다른 그의 모습에 작게 미소를 지은 린이 물었다.

"미국에 온 후 처음이죠?"

린의 질문에 발을 구르는 것을 멈춘 건이 조용히 고개를 끄덕였다.

"제대하고 미국에 온 이후 처음 보는 것이기도 해요."

건이 연신 시계를 보며 입술을 깨물자, 린이 그의 등을 쓸어 주었다.

"그래도 가족들을 모실 생각을 했다는 것만으로 좋은 행동이에요, 건 씨."

건이 쓴웃음을 지으며 말했다.

"아버지와의 일 이후에 거의 대화도 안 했거든요. 물론……
아버지는 제대 후 집에 있는 동안 늘 제 주위에서 서성이셨지만, 결국 마음의 문을 열지 못했어요. 지금도 달라지지 않을지도 모르지만요."

린이 고개를 끄덕이며 괜찮다는 듯 등을 토닥거렸다.

"식구란 같이 밥을 먹는 사람을 말해요. 단순히 함께 밥을 먹는다는 이야기가 아니라 그만큼 많은 시간을 함께 보내며 미운 정도 고운 정도 다 든 사람을 말하죠. 자주 얼굴을 보는 것은 그만큼 중요한 일입니다."

"글쎄요…… 아버지가 변하기 시작한 무렵은 바쁘게 일하실 때가 아닌 서울에 온 후 아버지의 직업을 잃은 뒤부터라 사실 함께 시간을 보내는 것에 대해 걱정이 좀 돼요. 그때도 평소 바쁘던 아버지가 집에서 자주 부딪힌 이후부터 일이 생겼던 것이거든요."

"듣자 하지, 그 이후에 사과하시고 열심히 살아가시는 것 같던데, 기회는 드려야죠. 아, 저기 오시네요."

린은 몇 번 한국에 들어가 어머니 영하와 만난 적이 있었기에 건의 가족을 바로 알아보았다.

큰 화물용 캐리어를 세 개나 싣고 평생 처음 와보는 미국의 모습에 촌놈처럼 주위를 두리번거리는 태우와 영하, 신난 표정으로 뛰어 나오다 멀리서 건을 보고 기쁜 얼굴로 달려오는 동생 시화.

건이 멀리서 세 사람을 보았다.

어릴 적 악마의 속삭임에 의해 정신이 없었던 자신의 아버지. 그는 멀리서 자신을 한 번에 알아보았다.

복잡한 표정으로 건을 바라보다 눈이 마주치자 죄인처럼 고개를 숙이는 태우를 가만히 바라보는 엄마 영하.

사랑이 듬뿍 담긴 눈으로 건과 태우를 번갈아 보는 어머니는 신경도 쓰지 않고 달려와 안기는 시화가 소리를 질렀다.

"오빠, 야! 이 인간아! 어떻게 그렇게 얼굴 한번 안 비치고 살수가 있냐!"

몸은 안겨서 오빠의 몸을 더듬고 있지만, 말은 시크하게 하는 시화 덕에 웃음을 지은 건이 동생의 머리를 쓰다듬었다.

"하하, 비행 시간이 길어서 힘들지 않았어?"

"힘들긴! 오빠 보러 오는 건데 힘든 게 어디 있어? 헤헤, 실은 비행기에서 툴툴거리다가 아빠한테 좀 혼났어."

"응? 왜 혼나?"

"오빠가 일등석을 줬잖아, 자리도 편하고 기내식도 맛있었는데 비행 시간이 너무 길어서 허리가 아팠거든, 그래서 그냥 한국에서 활동하지 왜 미국에서 활동해서 이 고생을 시키냐고 말했다가, 아빠가 호통을 치셨어."

"뭐라고 하셨는데?"

"오빠가 이 먼 곳까지 와서 고생해서 이룬 업적을 자랑스러운 눈으로 봐주어야 할 가족이 그깟 비행 시간 몇 시간을 못 버텨서 오빠 앨범 나오기 직전에 부정 타는 소리 한다고 말이야, 히히."

건이 멀리서 천천히 카트에 담긴 캐리어를 밀며 다가오는 태우를 보았다.

"아버지…… 요새도 자주 소리치셔?"

시화가 건의 팔짱을 끼며 말했다.

"아니, 전혀. 오빠 유학 가고 나서는 완전히 달라지셨어. 일도 열심히 하시고, 엄마랑 나한테도 잘해주서. 맨날 밤에 오빠 사진 보면서 마시지도 못하는 소주병 들고 우는 것 빼곤 좋은 아빠야."

건이 살짝 고래를 숙이고 애꿎은 바닥에 발을 굴렸다.

"그랬구나……."

천천히 다가왔지만, 물리적인 시간은 어쩔 수 없는지 이내 건에게 다가온 영하와 태우 중 영하가 먼저 나서 건을 안아주고는 그의 얼굴을 매만졌다.

"우리 아들, 어디 아픈 곳은 없고? 아이고, 내 새끼 더 잘생겨졌네."

건이 자신의 뺨을 만지는 영하의 손을 잡은 후 웃었다.

"여기서 선글라스 벗으면 난리 나요, 엄마. 건강하셨죠?"

영하가 아무렇지 않다는 듯 고개를 끄덕이자 건의 팔짱을 낀 시화가 볼멘소리로 말했다.

"엄마는 맨날 나한테는 아프다고 하면서 오빠가 물어보면 건강하다고만 해? 골다공증 왔다며! 맨날 병원 가서 약 받아 먹으면서 뭐가 아픈 곳이 없어!"

건이 놀란 표정을 짓자 영하가 시화의 입을 막으며 말했다.

"애는! 오빠 타지에서 고생하는데! 호호, 건아 아니야, 골다공증이 있긴 한데 약 잘 먹으면 괜찮을 거래."

건이 린을 돌아보자, 그녀가 고개를 끄덕인 후 전화를 걸었다.

"네 접니다, 래리 과장님. 뉴욕 다운타운 병원에 골다공중 전문 의사가 계신가요? 아, 네. 환자는…… 케이의 어머님입니다. 아 당장이요? 호호, 당장은 아니라도 됩니다. 그분께 진료 가능한 날짜를 확인하시고 알려주시면 됩니다. 네, 부탁드립니다. 네네."

건의 어머니가 환자라는 말에 자기가 직접 진료할 것도 아니면서 당장 달려오라는 래리 과장이 말에 고마움을 느낀 건이 미소를 짓다가 아버지 태우와 눈이 마주치자 어색하게 물었다.

"아, 아버지. 잘 지내셨어요?"

태우 역시 우물쭈물하며 애꿎은 캐리어를 만졌다.

"그래…… 건아, 잘 지냈지?"

"네…… 건강하셨죠?"

"으응…… 나야 뭐, 항상 그렇지."

자신과 눈도 마주치지 못하는 아버지를 본 건이 팔을 내밀자 태우가 의아한 눈으로 보았다.

잠시 팔을 내민 채 태우를 보던 건이 입을 열었다.

"아들, 안아주세요."

생각지도 못한 건의 말에 놀란 태우가 영하를 보자, 그녀가 웃으며 고개를 끄덕였다.

"호호, 두 부자가 안고 있는 건 건이가 어릴 때 이후에 처음 보는 진풍경이겠네요, 호호. 뭐해요, 당신? 어서 안아주셔야 죠."

"어…… 으응……."

카트를 놓고 엉거주춤 다가와 건을 안아주는 태우는 어색함을 지우지 못했다.

건 역시 무척 어색했지만, 아버지와의 거리감을 좁히기 위해 노력하려는 생각으로 태우의 허리를 한번 꼭 안아준 후 몸을 빼려 했다.

하지만 태우는 몸에 힘을 주고 건을 빠져나가지 못하게 잡았다.

분명 처음이 아니었겠지만, 철이 들고 난 뒤 처음 느껴보는 아버지의 체온은 참 따뜻했다.

몸을 빼려 하던 건이 태우의 힘을 느끼고 가만히 그에게 몸을 내주자, 태우가 떨리는 목소리로 말했다.

"미안…… 하다, 내 아들."

건이 눈을 감았다. 눈을 뜨면 눈망울에 가득 맺힌 눈물이 떨어질 것 같았기 때문이다.

선글라스를 고쳐 쓰고 코를 비빈 건이 태우의 손에서 빠져나오며 웃었다.

"하하, 미안하긴요. 추워요, 차에 가서 이야기해요."

"그래……."

그들을 보던 린이 눈치 빠르게 차를 대기시켰고, 주차장까지 갈 것도 없이 공항을 나서자마자 대기하고 있던 차량에 직접 짐을 옮겨 실은 건이 가장 마지막에 차에 오른 후 목도리와 선글라스를 벗었다.

오랜만에 보는 아들, 오빠의 얼굴이 신기했던지 가족들은 건에게서 눈을 떼지 못했다.

미국에 와서 참 많은 친구를 사귀었고, 그만큼 소중한 사람들이 많이 생겼지만, 그들이 자신을 보는 눈빛과는 다른 가족의 눈빛들은 건의 마음을 따뜻하게 만들었다.

집으로 가기 전 들린 브롱스 동물원에서 고릴라의 이름을 시화로 지었다며 웃던 건은 결국 시화에게 크게 꿀밤을 맞고 말았다.

뒤통수에 작은 혹이 생겼지만, 왠지 아프지 않았다.

뒤통수를 매만지며 웃고 있는 건에게 온 태우가 그의 머리를 만져보며 혹이 났다고 걱정하는 모습을 볼 때는 더욱 마음이 따뜻해지는 건이었다.

간단히 점심을 해결하고 레드 케슬로 돌아오자 미리 건의 가족들이 방문한다는 소식을 들은 미로슬라브가 조직원들의

80% 이상을 숨기고, 총도 모두 숨겼다.

레드 케슬의 웅장한 정문에는 단 네 명의 검은 정장을 입은 조직원이 건과 가족들을 반겼다.

차 안에서 엄청난 규모의 저택을 본 시화가 소리를 질렀다.

"우와아아아아! 이게 뭐야, 오빠 이런 곳에서 사는 거야? 회사에서 이런 것도 해줘?"

"하하, 아니야. 다른 사람의 집인데 얹혀살고 있어."

건의 말을 들은 태우가 걱정스러운 표정으로 말했다.

"그렇게 아버지가 등록금 보내준다는 걸 왜 거절했니, 그거라도 있었으면 월세 집이라도 얻을 수 있었을 텐데, 아무리 좋은 집이라도 남의 집에 얹혀살면 눈치 보이지 않았니?"

태우의 마음이 느껴진 건이 웃으며 고개를 저었다.

"그런 거 아니에요, 아버지. 하하."

"아니긴, 당장 나오거라. 아버지가 못해도 맨하튼에 전셋집 하나 구해줄 돈은 있다."

"하하, 아버지, 저 돈 많아요."

"으응? 돈 많은데 왜 남의 집에 얹혀살아?"

"크크, 뭐라고 설명해야 할지 모르겠네요. 하여튼 그런 걱정 마세요."

영하가 저택의 정원을 지나고 있는 차 안에서 밖을 보며 감탄사를 내질렀다.

"정말 아름다운 집이네. 이 집 양반은 도대체 뭘 하는 사람이길래 이런 집에서 살 수 있는 걸까?"

가족들에게 차마 그레고리가 레드 마피아라는 말을 할 수 없었던 건이 입맛을 다시며 웃었다.

시화는 어릴 때부터 워낙 개를 좋아해 경비견을 기르는 개들을 보며 좋아하고 있었다.

별채 바로 앞까지 차가 도착하자, 건이 먼저 내려 트렁크에서 짐을 내렸다.

습관적으로 재빨리 뛰어온 조직원이 가방을 받으려 했지만, 건이 눈짓하며 고개를 젓자 눈치 빠르게 멀어지는 조직원들이었다.

태우도 건을 도와 짐을 내렸고, 영하는 아름다운 별채의 외관을 감상했다.

시화는 벌써 별채 옆 하얀 그네로 뛰어가 그네 위에 앉으며 소리쳤다.

"집 안에 그네가 있어! 그것도 이렇게 아름다운 정원 한가운데에! 엄마, 엄마! 나 사진 좀 찍어줘 봐요!"

"호호, 그래 알았다."

즐거워하는 가족들을 본 건이 웃음을 지으며 캐리어를 밀고 별채 문을 열었다가, 그대로 굳어 버렸다.

태우가 뒤에서 캐리어를 밀며 따라오다가 갑자기 멈춘 건을 보며 물었다.

"아들, 왜 그러니?"

태우의 물음에도 답을 하지 못한 건이 아무 말 하지 않자 뭔가 이상함을 느낀 시화와 영하가 별채의 입구로 다가왔다.

"오빠, 뭔데 그래? 오빠 없는 사이에 도둑이라도 들었어?"

"그래, 건아. 왜 그러니? 엄마 좀 봐봐."

건에 의해 가려진 별채의 문 안쪽에서 여자의 목소리가, 그것도 한국어가 들려왔다.

"어머~ 어머님, 아버님! 오셨어요?"

태우는 갑자기 들려온 여자의 목소리에 놀라 영하를 보았다.

영하 역시 놀랐는지 우두커니 서 있는 건을 밀며 안쪽을 보았다.

별채 안에서 빨간색 앞치마를 두른 백금발의 서양 여자가 큰 키에 어울리지 않게 귀여운 얼굴로 국자를 들고 걸어 나오고 있었다.

건을 스쳐지나 영하와 태우, 시화의 앞에 선 여자가 곱게 웃으며 예의 바르게 허리를 숙이자, 얼떨결에 마주 인사한 세 사람이 건을 보았다.

복잡한 표정으로 그녀를 보고 있던 건이 조그맣게 중얼거렸다.

"키스카……."

"누구신지……."

영하와 태우가 놀라 작게 물었지만, 다행히 키스카 쪽에서의 답은 나오지 않았다.

아마도 건의 부모님이 오신다는 이야기를 듣고 급히 한국어 한마디만을 배운 것 같았다.

그녀답지 않게 최대한 친절한 표정을 지으며 다소곳하게 서 있는 것을 본 건이 일단 부모님을 안으로 모신 후 키스카를 부엌으로 밀었다.

빨간 앞치마를 두른 키스카는 요리 중이었는지 국자를 든 채 건에게 밀려 싱크대 앞에 섰다.

건이 짐을 놓고 거실을 구경하고 있는 가족들의 눈치를 보며 작게 말했다.

"무슨 일이야, 이게? 언제 왔어!"

키스카가 장난스러운 표정으로 건의 반응을 보다가 조금 슬픈 표정으로 바뀌었다.

"할머니 돌아가셨어."

"아…… 언제?"

"오 일 전에. 조지아 할머니 댁 근처 산에 묘비를 만들고, 집

정리를 좀 한 후에 온 거야."

"그랬구나, 연락하지 그랬어."

"오빠 바쁘잖아."

"미안…… 그레고리는?"

"같이 왔지. 본채에 있어, 아빠는."

"으응…… 할머님…… 마지막에 많이 아프셨니?"

"아니, 전혀. 돌아가시기 전날도 아빠랑 나랑 셋이 저녁도 같이 먹고, 이야기 나누다 주무셨어. 다음 날 아침에 눈을 뜨지 못하신 거지. 아빠가 신기하게 생각했었는데 신문 기사 보니까 그게 오빠 음악 덕이더라? 아빠가 무척 고마워하셔."

"응…… 뭐……."

"비켜봐. 찌개 끓이고 있단 말이야."

키스카가 건을 밀며 국자를 찌개 냄비에 넣고 휘저었다.

정체를 알 수 없는 붉은 찌개 냄비를 본 건이 냄새를 맡아보며 물었다.

"무슨 요리를 하는 거야?"

"김치찌개."

"응? 언제 요리 배웠어?"

"오늘 배웠지. 인터넷에 레시피 나온 거 보고 만든 거야. 맛 좀 봐줘."

키스카가 숟가락을 꺼내 국물을 퍼 호호 불어 식인 후 건의 입에 넣어주었다.

가끔 병준이 끓이는 김치찌개 맛을 본 적이 있어서 그런지 대충 비슷하게 맛을 낸 키스카의 요리는 그나마 먹어 줄 만한 맛이었다.

건이 웃음을 지으며 고개를 끄덕이자 키스카가 귀여운 포즈로 만세를 불렀다.

"맛있지? 헤헤. 가족들 모시고 식탁으로 와. 준비해 놓을게."

"응, 고마워."

건이 거실로 돌아와 가족들을 보자 가족들 모두가 궁금한 눈으로 건을 보고 있다가, 가장 성격이 급한 시화가 먼저 물었다.

"오빠, 저 여자 누구야?"

영하 역시 아들의 집에 여자가 있는 것을 보고 궁금했던지 물었다.

"여자 친구니?"

태우는 별다른 말 없이 건을 보고 있었다. 아들이 커서 예쁜 여자를 만나 함께 있는 것이 마냥 보기 좋았던 그는 얼굴에 미소를 짓고 있었다.

건이 머뭇거리며 말을 꺼냈다.

"그게…… 이 집 주인이야."

시화가 놀라며 말했다.

"이 집 주인이라고? 집주인이 그렇게 젊었어? 어려 보이는데."

"으음…… 정확히는 집주인의 딸이지."

"그래? 이름이 뭔데? 한국말 할 줄 아는 거야?"

"아니, 아까 말한 것만 어디서 배웠나 봐."

"이름이 뭐냐고."

"그게…… 키, 키스카 미오치치……."

"뭐?"

키스카는 기사를 통해 가족들도 많이 봤기에 놀라는 시화였다.

"그 애 꼬마 아니었어? 언제 저렇게 컸어, 아니 그게 아니라 그 애 너무 어리잖아! 이 도둑놈아, 몇 살 차이야?"

"으음…… 열 한 살쯤……."

"켁! 그럼 미성년자 아니야, 오빠 범죄자 되고 싶어?"

태우 역시 키스카의 나이를 셈해본 후 놀란 얼굴로 건을 보았다.

영하가 일어나 건의 등을 짝 소리 나게 때리며 말했다.

"이놈 자식! 남의 집 귀한 자식한테!"

"아! 아니 엄마, 그런 게 아니라니까요."

"그런 게 아니기는! 한 집에 여자가 들어와 사는데 아니긴 뭐가 아니야!"

예전처럼 꼬마의 몸을 가진 키스카였다면 전혀 의심받을 이유가 없었지만, 현재의 키스카는 170㎝가 넘는 키를 가지고 있는 데다 아름답기까지 했기에 가족들은 의심의 눈초리로 건을 보았다.

"아니…… 그게 아니고, 아직 그런 사이까지는 아니에요."

가만히 건을 보고 있던 태우가 영하를 진정시키며 말했다.

"여보, 아들이 아니라고 하잖소, 진정하고 말 좀 들어보자고, 건아 정말 아직 별 사이는 아닌 거지?"

자신의 편을 들어주는 아버지를 고마운 눈으로 본 건이 고개를 끄덕였지만, 주방에서 고개를 내밀고 외치는 키스카의 목소리를 들은 건이 손으로 얼굴을 가렸다.

"아버님~ 어머님~"

하필 배운 말이 한국에서 며느리가 시아버지, 시어머니를 부르는 말이라 영하의 눈초리가 더욱 매서워졌다.

한국말이라도 할 줄 알았다면 몇 마디 질문 후에 금방 눈치챘겠지만, 그것도 아니라 가족들의 의심은 거두어질 줄 몰랐다.

거기에 말이 통하지 않았지만, 영하와 태우의 국그릇에 직접 찌개를 퍼 담아주며 웃는 키스카였기에 건은 식사 내내 시화에게 옆구리를 꼬집혔다.

어색한 식사가 끝나고 평소에 하지도 않는 설거지까지 하고 난 키스카가 다소곳하게 허리를 숙이며 말했다.

"어머님, 아버님. 전 그만 가보겠습니다."

한국어와 영어가 섞여 있었지만, 그 정도는 알아들은 가족들이 어색한 얼굴로 마주 허리를 숙이자, 키스카가 건의 팔짱을 끼며 말했다.

"아빠한테 인사하러 가자, 오빠."

"으, 으응…… 저 잠깐 집주인한테 인사 좀 하고 올게요."

자신을 째려보는 엄마와 시화의 눈빛을 외면한 건이 식은땀을 흘리며 본채로 가 그레고리에게 인사를 했다.

그레고리는 건을 보자마자 달려와 그의 두 손을 잡았다.

"케이, 오랜만일세, 잘 지냈나? 키스카에게 들었네, 어머님이 고통 없이 편히 가신 것이 자네 덕이라고 하더구먼, 정말 고맙네. 고마워."

그레고리에게 붙잡혀 한참 감사의 인사를 받고 있는 건을 사랑스러운 눈빛으로 보고 있던 키스카가 아빠를 말리며 말했다.

"아빠, 오랜만에 오빠 가족들이 온 건데 그만 놔줘요."

"아, 그래. 미안하네. 어서 가보게, 우리 이야기는 가족들이 돌아간 후에 하도록 하지."

그레고리의 방을 나선 건이 키스카의 방 앞에까지 오자, 그녀가 건에게 안겼다.

조금 곤란해진 표정을 짓고 있던 건이 그녀의 머리를 만지며 말했다.

"키가 또 컸구나, 키스카."

키스카가 건의 넓은 가슴에 얼굴을 비비며 기분 좋은 미소를 지었다.

"웅, 계속 크고 있어. 아, 집에 오니까 좋다. 이제 매일 오빠도 볼 수 있고."

"후후, 그래."

"오빠 이제 제일 바쁜 시기잖아, 가족들은 언제까지 있는데?"

"앨범 오픈 날까지는 미국에 계실 거야."

"그래? 오빠 엄청 바쁠 텐데 가족들이랑 시간도 못 보내겠다."

"웅, 그렇겠지. 괜찮아, 그냥 내 얼굴 보는 겸 오신 건데, 내가 바빠서 미국 관광이나 시켜 드리려고 가이드 붙여 드릴 거야."

"그러지 마. 오빠, 가족들인데 내가 직접 할게."

"웅? 너 한국어도 못 하면서 어떻게 하려고?"

"가이드 대신 통역을 붙이면 되지. 내가 미국 관광시켜 드릴게."

"하하, 너도 미국 잘 모르잖아, 맨날 집에만 있었으면서."

"이 기회에 나도 같이 구경하지 뭐, 우리 아빠도 같이 가면 좋고."

"으음…… 그럴래?"

"웅! 꼭 그렇게 하고 싶어!"

키스카의 마음은 고마웠지만, 그녀의 입에서 어떤 폭탄 발언이 나올지 모르기에 고민스러운 표정을 짓던 건이 그의 옷을 잡고 애교를 부리는 키스카 덕에 무너졌다.

"에잉~ 오빠아아~ 내가 하게 해줘~"

"하하! 알았어, 알았어. 그럼 그렇게 해."

"와앗~! 신난다! 그럼 오빠, 나 통역이랑 관광 알아봐야 하니까 얼른 들어갈게! 빨리 돌아가 봐."

방으로 들어가다 말고 다시 고개를 내민 키스카가 입술을 내밀고 멀리서 뽀뽀를 날렸다.

문이 닫힐 때까지 웃으며 보고 있던 건이 키스카가 완전히 방으로 돌아간 후 본채를 나서 이제 초겨울이 바람이 쌀쌀하게 부는 레드 케슬의 넓은 정원을 바라보고 섰다.

잠시 시원한 바람을 느끼던 건이 주머니에서 울리는 핸드폰을 꺼내 액정을 확인한 후 반색하며 전화를 받았다.

"병준이 형, 어디세요?"

"어, 건아. 가족들 잘 도착하셨냐? 내가 가봐야 하는데 미안하다, 준비할 게 좀 많아서."

"괜찮아요, 앨범 발표일이 며칠 안 남았는데 당연히 바쁘시죠. 린 이사님이 대신 공항에 같이 가주셨어요."

"그래, 다행이네. 다들 건강하시지?"

"네, 형이 자주 한국에 들러서 많이 챙겨주셨다고 고마워하시더라고요."

"하하, 뭐, 한 것도 없는데 뭘. 여기 앨범 공장이야, 잘 나오고 있는지 시찰하러 왔는데, 너 앨범 초기 물량 천만 장, 전부 예약 구매됐어. 그래서 오늘 추가 발주하러 온 거야."

"예? 천만 장이 전부 나갔다고요? 아직 발표일도 안 되었는데요."

"그러니까 말이다. 예약 구매는 개별 발송이라, 정작 앨범 발표일에 상점에 진열할 상품이 없는 상태야. 그래서 남은 기간 동안 최대한 찍어내야 해. 에혀, 소속 가수가 인기가 좀 많아야 말이지."

"헤헤, 그래요? 좋은 소식이네요."

"하여간 부모님이랑 시간 잘 보내고, 일은 내가 할 테니까, 넌 음악만 신경 써."

"뮤직비디오 촬영도 끝나서 별로 할 일 없어요."

"윤정이, 진연이 연습 제대로 시키고."

"춤 쪽은 제가 연습 못 시키는데요, 뭐. 안무 선생님이 잘 가르치고 계세요."

"그래, 알았다. 또 전화하마."

"네, 형 고마워요."

전화를 끊고 액정화면을 보던 건이 주머니에 전화기를 넣고 레드 케슬의 정원을 보았다.

그레고리와 미로슬라브의 배려로 총을 숨긴 조직원들이 경계를 서고 있는 모습을 보던 건이 오후의 겨울 하늘을 보고 기지개를 켰다.

"이제 시작인가? 후훗."

♪♩♫

이틀 후.

그레고리와 키스카가 가족들을 데리고 관광을 떠났다.

가이드 한 명과 통역 한 명까지 대동한 그레고리는 어디서 빌렸는지 대형 캠핑카까지 준비했고, 전날 함께 술을 마시며 친해진 태우와 그레고리는 사돈지간이라도 된 듯 친근하게 어깨동무까지 하고 다녔다.

키스카가 워낙 애교를 부려서인지 영하의 표정도 풀렸지만, 시화는 여전히 건을 볼 때마다 도둑놈이라고 놀렸다.

마침내 가족들이 모두 관광을 떠나자 혼자 남은 건이 팡타지오의 사무실로 향했다.

사무실 앞을 점거한 기자들이 차가 들어오자 누군가 싶어

다가왔다. 경호원들의 통제를 따라 주차장으로 들어온 건이 차에서 내리자 정문 밖에 있던 기자들이 건을 목격하고 난리를 치며 외쳤다.

"케이! 앨범 발표일이 내일입니다! 기분이 어떠십니까?"

"예약자만 천만이 넘었다는 게 정말입니까? 케이! 케이!"

"한 마디만 해주세요! 케이!"

기자들을 보며 씩 웃음을 지은 건이 그들에게 손을 흔들어 준 후 말했다.

"이제 하루만 기다리시면 되잖아요, 추운데 어서 들어가서 쉬세요, 여러분."

건의 말에도 포기하지 않고 최대한 마이크를 뻗은 기자들이 아우성쳤지만, 경호원들에게 막혀 진입하지 못하고 발만 동동 굴렀다.

그 모습을 본 건이 코트 주머니에 손을 넣고 조그맣게 중얼거렸다.

"시작해 볼까? 후훗."

◈ 3장 ◈
손린 병법(1)

이틀 후 대한민국 서울의 잠실 백화점.

잠실 백화점은 몇 년 전 싱크홀 사건으로 여론의 뭇매를 맞으면서도 올린 100층이 넘는 초고층 빌딩에 들어선 백화점으로, 초기 공사 중 일어난 안전사고 덕에 처음 몇 년간 손님이 없었지만, 시간이 갈수록 손님들이 몰려들어 이제는 다른 백화점보다 더 많은 손님을 확보하고 있었다.

백화점 오픈 시간은 오전 열 시였지만 새벽 5시부터 하나둘씩 늘어선 줄은 오전 여덟 시를 넘기자 백화점 주위를 뱅글뱅글 둘러쌀 정도로 많은 인파로 변했다.

레코드 사업이 침체기를 맞음에 따라 백화점 오디오 관련 매장에는 음반 가게가 사라지고, 오디오 기기 관련 매장만 남앗었지만, 이례적으로 한국의 모든 백화점은 레코드샵 입점을 허용하였으며 이것은 건의 앨범이 대박 날것을 염두에 둔 사업적 선택이었다.

잠실 백화점 3층에 위치한 레코드점은 2개월 전 오픈하였으나, 몬타나의 Fury 앨범과 일부 동남아, 중국 관광객이 케이팝 아이돌의 레코드를 사 가는 것 외에는 파리만 날렸다.

하지만 백화점 측에서 11월 말에 오픈하는 건의 앨범 판매고에 큰 기대를 하고 있었기에, 매출이 나지 않아도 에스컬레이드가 올라오는 가장 좋은 목에 매장을 유지하고 있었다.

백화점의 이러한 기대에 부응하기라도 하듯 백화점 오픈 전임에도 불구하고 백화점 입구에 늘어선 줄들은 관계자들의 입가에 미소를 짓게 했다.

한겨울 새벽 한파에도 불구하고 백화점 밖에서 줄을 서 있는 고객들을 위해 보안 요원들이 파견되고, 결국 오픈 시간 한 시간 전에 입구를 개방한 백화점 측은 보안 요원의 철저한 통제에 따라 줄을 선 순서대로 백화점에 입장하여, 3층으로 안내되었다.

하지만 백화점이 오픈하는 것을 본 행인들까지 합세하자, 줄은 다시 백화점 입구까지 길게 늘어선 상태였다.

정신없이 손님들을 통제하던 여성 매니저가 자신을 찾는 무전을 듣고 급히 3층 레코드 매장으로 향했다.

"바빠 죽겠는데, 왜 또 불러! 이씨."

삼십 대 후반으로 보이는 여성 매니저가 3층 에스컬레이드를 뛰어 올라오자, 70대의 남자가 수행비서들을 잔뜩 대동한 채 뒷짐을 지고 있는 것이 보였다.

그의 얼굴을 보고 화들짝 놀란 매니저가 달려가는 도중에도 허리를 굽실거렸다.

"어머, 회장님! 아침부터 무슨 일로 오셨어요?"

잠실 백화점의 회장은 올해 73세의 노인으로, 일본계 한국인이었다.

언론에는 토종 한국인이라 발표했지만, 기업 자체가 일본계 기업이라, 일본인의 피가 섞이지 않을 수는 없었다.

하지만 한국에서 태어나 한국인으로 자란 그는 스스로 한국인이라 생각하는 사람이었고, 필요 이상으로 일본에 자금이 넘어가는 것을 경계하는 진짜 경영인이었다.

자애로운 웃음을 지으며 늘어선 사람들을 보던 그가 흐뭇한 표정으로 매니저를 보았다.

"허허, 삼 개월 전, 당신의 기획을 보고 밀어주었던 내 선택이 이제야 옳았다는 것을 알게 해주었구려."

"아이고, 회장님. 아닙니다. 그냥 기사들을 보다가 운이 좋아 얻어걸린 것이에요."

"허허, 평소에도 기사를 보고 세상 돌아가는 것을 파악하고 있었다는 것이 대단한 것이 아니고 뭐겠소. 이 사람들을 좀 보세요. 백화점 증축 전에 아무리 세일을 하고, 기획상품전을 했어도 이런 광경은 내 평생 처음 보는구려. 이봐, 김 비서."

김 비서라 불린 수행비서가 그의 뒤에 서 있다가 한 발 앞으로 나오며 허리를 숙였다.

"현재까지 몇 분의 고객이 줄을 서 있는 겐가?"

3층 레코드점을 시작으로 매장을 한 바퀴 돌고, 안전선을 따라 놀이동산처럼 빙글빙글 줄이 꼬여 있는 것도 모자라 비상구를 통해 계단 아래까지 줄을 서 있는 것을 본 회장이 질문하자, 미리 파악하고 있었던 듯 비서가 즉시 답을 했다.

"오 분 단위로 계속 보고가 들어오고 있습니다만, 마지막 보고에서 현재까지 사천삼백 명가량이 대기하고 있습니다."

회장이 만족스럽게 웃으며 매니저를 보았다.

"허허, 이것 보시오. 사천 명이라니. 그래, 물량의 준비는 차질이 없소? 내 듣기로는 팡타지오 측에서 초기 생산물량을 예약 구매로 빼는 바람에 초기 판매 물량이 부족했다고 들었는데 말이오."

매니저가 고개를 조아리며 말했다.

"네, 회장님. 사실 저도 그 부분 때문에 큰 걱정을 했었는데, 팡타지오가 중국의 공장 몇 개를 대여해서 일주일간 무려 십만 명의 기술직을 고용했습니다. 초기에 요청한 물량의 반 정도는 소화해 줄 것으로 예상됩니다."

회장의 미간이 좁혀졌다.

"요청한 물량의 반? 그게 몇 개나 됩니까?"

"네, 회장님. 첫날 만 장, 다음 날부터 오천 장씩 배당받았고, 이는 한국의 다른 백화점과 비슷한 수준의 배당입니다."

"으음…… 그렇구려, 첫날 만 장인데 벌써 사천삼백 명이 줄을 섰다……. 그럼 오후가 되면 물량이 매진될 수도 있겠군요…… 이보게 김 비서, 팡타지오의 왕하오 회장과 연결되겠나?"

"즉시 준비하겠습니다."

회장이 매니저의 어깨를 매만져주며 말했다.

"이번 달 매출은 레코드점에서 다 올려주리라 믿고 있소, 물량 확보는 내가 어떻게든 힘을 써볼 테니 고객들의 불편함이 생기지 않도록 잘 부탁합니다."

"네, 회장님. 최선을 다하겠습니다."

아침 열 시.

마침내 천으로 가려진 레코드점이 오픈을 했다. 철저한 통제를 통해 한 번에 열 명씩 레코드점에 입점한 손님들은 들어가자마자 달려가 맨 앞에 진열된 케이의 신규 앨범 'The Nature'를 들고 계산대로 뛰었다.

CD 한 장의 가격으로 꽤 비싼 12만 원이 아깝지도 않은지 계산을 마친 그들은 영수증과 CD를 들고 레코드점 앞에서 인증 사진을 찍어대는 등 희희낙락했고, 이미 구매해 백화점을 벗어나는 그들은 일부러 CD를 눈에 보이게 들고 다니며 사람들의 부러움을 샀다.

오후가 되었지만, 줄을 늘어선 손님들의 수는 줄지 않았고, 한 시가 되자 회장이 우려했던 물량 매진 사태가 일어났다.

한 남자가 애인으로 보이는 여성과 레코드점 앞에서 실랑이를 벌이자, 보안 요원들이 뛰어 왔다.

"아니, 내가 돈을 낸다는데 물량이 없다니! 내가 몇 시간 동안 줄을 섰는지 알아요? 이 추운 날? 무슨 백화점이 이래요. 몰라, 당장 앨범 가져와요!"

애인으로 보이는 여성은 크게 실망했는지 울상을 지었다.

"오빠, 우리 내일 또 줄 서야 하는 거야? 힝, 나 오늘 앨범 사러 오빠랑 백화점 간다고 SNS에 잔뜩 자랑해놔서 애들이 부러워했는데…… 힝."

애인이 실망한 듯 보이자 남자가 더 크게 소리를 질렀다.

"매니저 나오라 그래! 여기 백화점 관계자용으로 미리 빼둔

CD라도 있을 거 아니야, 당장 가져오라고!"

남자가 소리를 질러대자, 뒤에 줄을 서 있던 사람들이 웅성거렸다.

"뭐야, 벌써 다 팔린 거야?"

"야이씨, 나 세 시간이나 줄 서 있었는데! 아, 여자 친구 말들을걸, 여친이 어제 새벽부터 줄 서야 살 수 있을 거라고 했는데, 늦잠 자는 바람에 열 시에 도착했더니 세 시간 만에 매진이라니. 도대체 얼마나 적게 들여왔길래 세 시간 만에 매진이야?"

"그러게, 백화점 중에 그래도 제일 큰 곳이라 살 수 있을 거라고 생각했는데, 아 짜증 나."

손님 중 일부가 재빨리 핸드폰을 꺼내 실시간으로 올라오는 앨범 판매 뉴스를 찾으며 다른 매장에서 살 수는 없을지 확인 중에 눈썹을 치켜떴다.

"헉…… 이거 뭐야?"

그의 친구로 보이는 사내가 그의 액정을 들여다보며 물었다.

"왜, 뭔데?"

"아이씨! 뮤직비디오!"

"엉? 뮤직비디오 왜?"

"뮤직비디오가 앨범 안에 VCD로 있대! 그것 외에는 한동안 방송이나 유튜브, 스트리밍 사이트에서 공개하지 않는다잖아! 결국 앨범을 못 사면 뮤직비디오도 못 본다는 거야! 아, 짜증 나!"

"헉, 진짜? 앨범 매진됐다고 하길래 유튜브로 들을 생각이었는데, 우리 그것도 못 하는 거야?"

"이 기사 봐. 특수 기술 도입으로 복사도 안 되고, 어떤 방법을 써서든 불법 유포를 하는 자는 즉시 고소를 하겠다고 써 있어."

"젠장…… 야! 다른 백화점으로 가보자!"

"백화점 말고! 동네 조그만 레코드 샵 같은 곳으로 가보자. 오히려 그런 곳에 남은 물량이 있을지도 몰라!"

사내의 말은 정확했다. 린은 백화점 수준은 아니었지만, 작은 레코드 점에도 모두 물량을 공급했고, 작은 매장의 사장들은 급히 돈을 융통해 천 장 이상의 물량을 확보한 상태였다.

대형 백화점을 이리저리 누비고 다니면서도 구매하지 못한 사람들이 동네 레코드점에서 구한 앨범을 인증 사진으로 SNS에 올리자, 포기했던 사람들이 다시 동네 상권으로 뛰어나왔다.

장사가 되지 않아 매장의 월세도 제대로 내지 못했던 작은 매장 사장들이 행복한 비명을 질렀고, 팡타지오는 실시간으로 세계 각국에서 걸려오는 추가 구매 문의로 정신이 없었다.

다행히 린이 미리 사태를 예감하고 고객 상담 전문 하청 업체를 고용하였기에 본사는 그리 바쁘지 않았지만, 고객센터에서 받아들인 추가 물량 주문이 들어오는 팡타지오의 서버는 그야말로 폭발 직전이었다.

"칠레 산티아고 Almacenes Paris 백화점에서 십오만 장 추가 주문! 내일까지 가능합니까?"

"내일까지는 불가능! 삼 일 후에 가능합니다!"

"브라질 상파울루의 다슬루(Daslu) 백화점에서 이십만 장 추가 주문 요청입니다!"

"그쪽은 베네수엘라 쪽으로 가던 물량을 돌리면 가능합니다."

"뭘 돌려, 돌리긴! 베네수엘라 쪽도 추가 물량 주문 들어왔습니다!"

백 명이 넘는 직원들이 실시간으로 PC 모니터에 올라오는 추가 주문 건을 확인하며, 각국 담당자 사이의 협의를 통해 물량을 돌리고 있는 모습을 창밖에서 확인하고 있던 왕하오 회장이 웃으며 말했다.

"후후, 옌안. 역시 이번에도 린 이사가 제대로 한 건 했어."

청바지를 입고 팔짱을 끼고 있던 옌안이 자세를 바로 하며 말했다.

"예, 회장님. 티저로 기대감을 증폭시켰던 뮤직비디오를 정규 앨범을 구매하지 않았을 때는 보지 못하도록 한 것이 오후에 기사로 나가며 구매 열기가 더욱 심해지고 있습니다."

"허허, 린 이사의 마케팅 수단은 타의 추종을 불허하는군. 그래, 예약 구매자 쪽은 어찌 되었나?"

"린 이사가 미리 택배 발송 회사 중 가장 큰 회사 네 곳과 전속 계약을 하였고, 각국에 배달할 물건들을 이틀 전에 해당 국가 택배 발송 창고에 배송 완료한 상태입니다.

어제 새벽부터 발송이 시작되었고, 예약 구매자 전원이 금일 오후 5시 안에 물건을 배송받을 수 있도록 조치해 둔 상태입니다."

"허허, 그 여자는 참 빈틈이 없군그래. 그런데 린 이사가 특별히 TV 광고나 라디오 광고를 하지 말라는 지시를 했다던데, 왜 그런지 아는가?"

"하하, 할 필요가 없습니다. 전 세계에서 시간당 수천 개의 기사가 쏟아지고 있는데 따로 마케팅할 이유가 전혀 없지요."

"후후, 그래. 케이는 여전히 방송 쪽은 관심이 없다고 하던가?"

"네, 하지만 린 이사 쪽에서 뮤직비디오마저 비공개이니 최소한의 방송은 해 달라고 요청했다고 합니다. 이병준 실장의 보고로는 한국의 두 소녀와 함께 몇 개의 방송에 출연할 예정이라고 합니다."

"그래? 이제 제대로 활동할 생각인가 보군. 그래, 첫 방송은 무엇인가?"

"네, 아무래도 케이가 한국인이다 보니 한국의 방송사에 출연할 생각인 것 같습니다."

"으음…… 미국 방송이면 좋았을 것을 그건 좀 아깝군."

"아닙니다. 미국뿐 아니라 전 세계에서 한국의 방송사에 문의 중이라, 각국에 즉시 자막을 입혀 방송한다고 합니다. 그것도 케이블이 아닌 정규 방송으로 말입니다."

"그래? 허허. 그럼 됐구먼. 앞으로 린 이사는 나에게 보고하기 전에 바로 기획을 실행에 옮겨도 된다고 전해주게."

"네, 회장님."

♪♪♪

대한민국 오산 공군기지.

새벽 네 시경의 군부대는 매우 조용하다.

경계를 서는 일부를 제외하고는 모두 꿈나라에 있을 시간이었지만, 오늘은 조금 달랐다.

잠을 이루지 못한 군인들이 지휘관들의 눈치를 보며 내무반 내에서 차마 나가지는 못하고, 서성거렸고 평소 퇴근을 했을 장교들 역시 관제탑 근처에 모여 이야기를 나누고 있었다.

중위 계급장을 가진 젊은 장교가 관제탑 밖 활주로에 시선을 고정하고 있다가, 무전이 들어오는 것을 보고 황급히 컨트롤박스에 앉았다.

"치익, 오산 공군기지 터미널, 여기는 Nova Fantagio 815. 만 삼천 피트에서 하강 중, 활주로 지정 바란다."

무전을 들은 장교들이 모두 하늘을 보았고, 무전을 받은 장교가 직접 답신을 보냈다.

"치익, Nova Fantagio 815. 14R 활주로 8마일 부근까지 접근했다, 해당 활주로에 착륙 허가한다. 130 노트까지 감속하라."

"치익, 라져 댓."

긴장된 표정으로 레이더를 보던 장교가 몸을 낮추며 하늘을 보았다. 어두운 새벽하늘에 붉고 작은 불빛을 단 비행기가 상공을 선회하다, 활주로로 내리자 장교들이 우르르 착륙장으로 달려 나갔다.

무전을 하던 장교 역시 관제탑을 관리하는 사병에게 헤드폰을 던지고 착륙장으로 내려갔다.

착륙장에 내려가자 대령 한 명과 중령 두 명이 대기하고 있는 것을 확인하고 절도 있는 자세로 경례를 붙이는 장교들이었다.

나이가 지긋한 대령이 마주 경례한 후 멀리서 속도를 줄이며 다가오는 거대한 비행기를 보았다.

"음, 보안은 철저히 했겠지?"

대령보다 조금 어려 보였지만 꽤 나이가 있어 보이는 중령이 한 걸음 나서며 말했다.

"어제저녁부터 외부와 일반 전화를 하는 것을 막아 외부 유출은 막았습니다만, 일반 사병들이 알고 있는 터라 언제까지 보안이 지켜질 수 있을지 확실하지 않습니다."

"뭐야? 우리 공군의 보안 의식이 그것밖에 안 돼?"

"기지에 장교들만 있는 것이 아니지 않습니까?"

"으음…… 일반 사병들 입이 문제겠군. 뭐 괜찮아. 어차피 내일까지만 보안이 지켜지면 되니까 말이야."

비행기가 가까이 다가오자 엔진의 소음 덕에 서로 대화를 멈춘 군인들이 재빨리 자리를 잡고 양옆에 도열했다.

그들의 중앙에 차렷 자세로 선 대령을 본 중령이 그의 뒤에서 조그맣게 물었다.

"아무리 케이가 유명한 뮤지션이지만, 이렇게까지 하시는 것은 좀 아니지 않습니까, 대령님?"

"조용히 있게."

중령이 입을 다물고 물러서자 대령이 식은땀을 흘리며 비행기에 시선을 고정했다.

"저 비행기에 미국 대통령의 아들이 타고 있다. 국빈의 예우로 맞이하라는 청와대의 지시야. 다들 몸가짐 조심하게."

뒤에 서 있던 두 명의 중령의 눈이 커졌다.

그들이 받은 지시는 금일 새벽 세 시경 케이와 그의 밴드가 극비리에 한국의 기지로 들어올 것이라는 내용이었다.

공항의 소란을 방지하기 위해 공군기지 이용을 허가한다는 것뿐이었지, 미국 대통령의 아들이 방문한다는 것은 보안 사항이라, 중령 계급을 가진 그들에게는 공유되지 않았기 때문이다.

아까와는 달리 온몸에 힘을 주고 차렷 자세를 하는 중령들을 힐끔 본 대령이 비행기 출구에 이동식 계단이 설치되고 압축문이 열리는 것을 보고는 마른 침을 꿀꺽 삼켰다.

계단에 처음 발을 내민 것은 케이도, 케빈도 아닌 병준이었다.

주위를 둘러본 병준이 안을 향해 말했다.

"도착했다, 내리자."

대령의 눈에 무수한 기사를 통해 접했던 윤정과 진연의 모습이 보였다.

비행기 내에서 메이크업을 했는지 오랜 시간 비행을 한 사람들답지 않게 풀메이크업에 의상까지 챙겨 입고 내리는 두 사람이 계단에서 뛰어내리자 그녀들의 아름다운 모습을 본 군인들이 도열한 채 눈을 뒤룩뒤룩 굴렸다.

얼굴에 번지는 미소를 겨우 참고 있던 그들이 자신들 앞을 지나가는 윤정과 진연을 훔쳐보며 입을 벌렸다.

하지만 곧이어 내린 시즈카의 모습을 목격한 군인들은 저절로 그녀에게로 돌아가는 고개를 참지 못했고, 결국 대령의 뒤에 서 있던 중령들의 날카로운 눈초리를 받아내야 했다.

시즈카는 하얀 모직 코트에 무릎까지 오는 스커트를 입고 따뜻한 미소를 짓고 있었다.

여자들이 모두 내려오고 나서야, 아더를 필두로 케빈, 건이 내려왔다. 이 일행의 리더는 건이 아닌 병준이었기에 대령이 병준에게 악수를 청했다.

"오산 기지에 오신 것을 환영합니다."

병준이 넉살 좋은 웃음을 지으며 두 손으로 대령의 손을 맞잡았다.

"이렇게 착륙 허가를 해주셔서 감사합니다. 큰 도움이 되었습니다."

"허허, 저야 위에서 지시하면 그대로 따르는 군인이니 감사는 청와대에 하시지요. 자 가십시다."

뒤에 대기하고 있던 군용 지프에 나누어 탄 일행들이 이착륙장을 빠져나갔다.

내린 순서대로 타는 바람에 윤정, 진연, 시즈카만 태운 지프의 운전병은 꿈이라도 꾸는 표정으로 연신 그녀들을 힐끔거렸다.

이 사실을 모르는 윤정이 새벽의 공군기지를 보며 탄성을 질렀다.

"와, 진연아. 공군기지라고 해서 삭막하고 무서울 줄 알았는데, 여기 진짜 아름답다, 안 그래?"

진연 역시 밖을 보며 고개를 끄덕였다.

"그러게, 와 우리 진짜 케이 오빠랑 일하나 봐. 한국 공군에서 협조를 해줄 거라고는 생각도 못 했어. 한국 활동할 때 잘나가는 언니들도 이런 대우를 받았다는 이야기는 못 들었는데, 케이 오빠가 대단하긴 한가 봐."

시즈카는 일본 방문 시 이미 공군기지를 이용한 경험이 있었기에, 두 소녀를 보며 마냥 웃기만 했다.

이제는 자연스레 한국에서도 영어로 대화하는 그녀들을 힐끔거리던 운전병이 주위 눈치를 본 후 품 안에서 종이를 꺼냈다.

"저, 저기…… 사, 사인 좀 부탁드리면 안 될까요?"

장교가 아닌 일반 사병이었던 운전병은 밤새 고참들에게 사인을 받아 오지 않으면 남은 군 생활이 고달파질 것이라는 협박을 받았기에 그의 입장에서는 목숨을 걸고 한 말이었다.

대령이나 중령급은 물론이고 뒤 차에 타고 있던 장교들이 이 사실을 알면 그는 영창에 가게 될지도 몰랐지만, 일반 사병에게는 장교보다는 한 내무실을 쓰는 고참들이 더 무서운 법이었다.

웃으며 사인을 해주고 있는 시즈카, 윤정, 진연을 헤벌쭉한 표정으로 보던 사병이 룸미러로 뒤에 따라붙은 차를 보았다.

화기애애한 분위기의 앞차와는 달리 중령이 직접 운전대를 잡은 이 차량에는 건, 병준, 케빈이 뒷좌석에 타고, 조수석에는 대령이 타고 있었다.

창밖으로 보이는 공군기지의 모습을 보느라 정신이 없는 건과 케빈을 힐끔 본 대령이 병준에게로 고개를 돌리며 말했다.

"바로 서울로 올라가십니까?"

"네, 밖에 차가 대기하고 있습니다."

"그러시군요, 여기까지 오셨는데 차 한 잔 대접해 드리지 못해 죄송합니다."

"하하, 저희가 신세를 지고 있는데 무슨 그런 말씀을."

"저…… 청와대 쪽에는……."

"아, 걱정 마세요, 전폭적인 협조를 받았다고 말하겠습니다."

"허허, 고맙습니다."

"하하, 아닙니다."

곧 기지 입구를 벗어난 지프들이 우등 버스로 보이는 큰 차 앞에 섰다.

윤정과 진연은 미리 병준에게서 언질을 받았는지 먼저 도착했음에도 불구하고 차에서 내리지 않고 있었다.

병준이 차에서 내리며 조금 큰 목소리로 소리쳤다.

"자! 내려서 버스로 이동하자, 애들아!"

병준의 지시가 떨어지자 세 대의 차로 이동하던 일행들이 모두 차에서 내려 버스에 올랐다.

건이 버스에 오르려는 것을 붙잡은 병준이 자신들을 배웅하고 있는 군인들을 가리키며 말했다.

"도와주셨는데, 인사라도 하고 가야지."

"아, 그러네요."

건이 도열해 있는 군인 중 맨 앞의 대령에게 다가갔다. 일반 사병으로 제대한 건은 군대 시절 감히 쳐다보지도 못할 대령 계급의 군인이 자신의 눈앞에 차렷 자세로 있는 것이 무척 어색했다.

건이 조금 몸을 낮추고 양손을 내밀자, 대령이 절도 있는 자세로 한 손을 내밀었다.

아버지뻘까지는 아니었지만, 삼촌뻘은 충분히 되는 대령이 높은 소리로 말했다.

"영광입니다, 케이!"

"아이, 영광은 무슨요, 오늘 도와주셔서 정말 감사합니다."

"아닙니다, 당신에게 도움을 드릴 수 있는 점이 영광스러웠습니다. 그럼 조심히 올라가십시오."

"고맙습니다. 여러분들도 감사해요."

건이 웃으며 손을 흔들자 도열해 있던 군인들이 일제히 차려 자세를 취했다.

웃으며 버스에 올라탄 건이 일행들이 앉아 있는 맨 뒷자리로 향했다.

윤정과 진연은 수학여행이라도 온 듯 뒷자리에서 시즈카와 재잘거렸고, 케빈과 아더가 한 좌석 앞에 나란히 앉아 있었다.

건이 케빈과 아더와 같은 줄 맞은편 자리에 자리를 잡고 버스가 출발하자 케빈이 물었다.

"첫 방송은 윤정, 진연만 나가지?"

건이 음악을 들으려 이어폰을 끼다가 고개를 돌렸다.

"응, 나랑 윤정, 진연만 나가."

"그럼 우리는?"

"호텔에서 쉬고 있으라고 말하고 싶지만, 바로 다음 스케줄이 있어서 아마 차에 좀 있어야 할 것 같아."

"음, 그래?"

"응, 일단 우리가 한국에 들어온 것은 비밀이니까, 호텔에서 체크인 하면 정보가 새어 나갈 수도 있대."

듣고 있던 아더가 고개를 끄덕였다.

"그건 그럴 수 있지요, 아무래도 오늘은 저녁때까지 차에 대기하고 있어야 할까 봅니다."

"미안해요, 아더."

"아닙니다, 마케팅의 일환인데 당연히 협조해야죠."

이야기를 나누는 도중 버스의 내부 조명이 꺼졌다.

떠들어 대던 일행들이 말을 멈추자 맨 앞 좌석에 앉아 있던 병준이 고개를 돌려 크게 소리쳤다.

"한 세 시간 가야 하니까, 눈 좀 붙이고 있어. 엉뚱한 곳에 에너지 쓰지 말고, 힘이 남으면 방송에서 그렇게 떠들라고, 자 그럼 모두 자자!"

어두운 버스 안에서 윤정과 진연의 키득거리는 속삭임이 울렸지만, 그녀들 역시 피곤했는지 곧 잠에 빠져들었다.

이어폰으로 음악을 들으며 창밖을 보던 건도 곧 잠이 들고, 새벽하늘에 동이 터 오를 무렵 도착한 서울은 아직 이른 새벽이라 지나는 차가 별로 없었다.

가장 먼저 잠에서 깬 건이 눈을 비비며 그리운 서울의 모습을 보았다.

건은 한국에 있을 때도 스타였다.

물론 지금과 같은 대형 스타는 아니었지만, 길거리를 지나다니면 많은 사람이 알아보고 달려들었다.

　같은 검은 머리, 같은 피부색이라 그럴까? 이유 없이 길을 걷고 있는 사람들의 모습이 정겨워 보였던 건이 미소를 지으며 창밖에서 시선을 거두지 못했다.

　건을 제외한 일행들이 한참 잠에 빠져들었을 때 버스가 멈추며 병준이 일어났다.

　기사가 내부 조명의 불을 켜자 갑자기 들어온 불빛에 얼굴을 찡그린 일행들이 눈을 떴다.

　"자자, 도착했다. 여기 방송국 입구 바로 앞이니까, 내리자마자 바로 들어가. 혹시 모르니까 얼굴들 가리고."

　일행들이 모두 목도리를 코 위까지 올려 묶고 차에서 내렸다. 새벽이라 주위에 사람이 별로 없었지만 혹시 모른다고 생각한 병준이 재촉했다.

　"빨리빨리 들어가자, 뛰어."

　마지막에 버스에서 내린 건이 방송사 건물 꼭대기에 있는 대형 간판을 올려보며 빙긋 미소를 지었다.

　"MVN. 영석이 형! 후후."

석진은 올해 음악 방송 PD 12년 차의 중견 PD였다.

평생 꿈이었던 음악 방송 PD가 되기 위해 대학원까지 나오고, 군대를 해결한 후 처음 방송사에 입사한 나이는 서른 살.

좋은 대학을 나온 엘리트였지만 사회는 녹록하지 않았다.

AD 생활만 5년, 갖은 고생을 다 하고 겨우 잡은 음악 방송 메인 PD 자리는 그를 무척 기쁘게 했고, 누구보다 열정적으로 일을 했지만, 그의 행복은 오래가지 않았다.

소속된 정규 방송사에서 음악 방송 폐지를 선언했기 때문이다.

예능에 특화된 기형적 구조를 가진 한국의 방송은 음악 프로그램을 보는 시청자가 음악을 즐기는 계층이 아닌 소위 아이돌을 따라다니는 십 대 팬들이 대부분이었다.

결국 음악 자체를 좋아하는 음악 팬들의 외면을 받은 음악 방송은 시청률이 떨어졌고, 유일하게 하나 남은 음악 순위 방송을 포기하지 못한 방송사는 3년 이상 프로그램을 끌었지만, 시청률 1%대로 떨어져 5개월 이상이 지나자 결국 해당 시간에 다른 예능 방송을 끼워 넣기로 결정했다.

정직원으로 고용된 PD를 프로그램이 없어졌다고 하여 내보내지는 않았지만, 그에게 새롭게 주어진 방송은 여행 관련 리얼 예능이었다.

어떻게든 살아가야 하는 대한민국의 직장인이었던 그는 아등바등 프로그램을 이어나갔지만, 자기도 재미없는 방송이 타인의 눈에 재미있게 비칠 리 만무했다.

3년 전 음악 방송이 위기를 맞이할 무렵, 자신의 친구인 영석에게서 신규 방송사인 MVN으로 이적을 제의를 받았지만, 삼대 정규 방송사에서 케이블 방송사로 옮기는 선택이 쉽지 않았다.

결국 프로그램이 폐지되고 예능을 하던 도중 더 견디지 못한 석진은 영석에게 전화를 걸어 MVN 측에서 음악 프로그램을 편성할 의사가 있는지 물었다.

점점 사라지고 있는 음악 순위 방송이었기에 고민하던 MVN 측은 순위 방송 대신 PD가 전권을 쥐고 진짜 실력 있는 뮤지션을 섭외해 토크쇼 형식과 무대를 함께하는 방송을 제안했고, 자신이 원하던 바보다 더 좋은 제안을 받은 석진은 두말없이 MVN으로 이적했다.

이적한 석진은 10년 이상 이 바닥을 구른 베테랑 PD답게 빠른 추진력을 보여주었다.

스튜디오를 섭외하고, 좋은 가수를 찾고 MC를 섭외했다.

처음 섭외한 MC는 방송 10회 차 만에 불륜 관계가 들통나 하차했지만, 영석의 소개로 배우인 채은을 섭외한 이후 그의 방송은 매주 3% 이상의 시청률을 가지는 음악 방송으로 거듭났다.

케이블 방송에서 3%의 시청률은 대단한 인기의 척도였던 만큼 탄력이 붙은 그는 더욱 방송에 매진하였다.

MVN 이적 이후 언제나 열정적이고 자신감이 넘치던 석진이 MVN 10층 휴게실에 앉아 400원짜리 커피 한 잔을 들고 초조하게 다리를 떨고 있었다.

"영석아, 진짜 오는 거 맞냐?"

영석이 자판기에서 커피 한 잔을 빼 입에 물고는 주머니에서 핸드폰을 꺼내 시계를 보았다.

"아, 진짜라니까. 지금쯤 근처에 왔을 거야."

석진은 MVN으로부터 오늘 있을 녹화방송의 게스트를 섭외하지 말라는 지시를 받았다.

미리 섭외해 둔 4인조 남성 아카펠라 그룹의 섭외를 급히 미룬 그가 CP에게 확인 결과 금번의 섭외는 MVN의 전무 이사가 된 영석이 처리한다는 지시만을 받았다.

친구였던 영석에게 달려가 사실을 확인한 석진은 영석으로부터 자초지종을 들었지만, 녹화가 진행되는 오늘까지도 사실을 믿지 못했다.

그도 그럴 것이 케이와 같은 대형 스타가 한국에 방문하였지만 기사 한 줄 없었기 때문이다.

"야, 어떻게 케이가 한국에 오는데 기사 한 줄 안 나오냐, 이게 말이 돼? 전화 한 번만 더 해줘라, 응? 지금 스탠바이하고 있는 스탭들만 백 명이 넘어. 오늘 블라인드 게스트 초대라는 광고도 나갔고, 관객들도 삼백 명이 넘게 오는데, 만에 하나 못 오면 나 정말 망한다. 응?"

영석이 피식 웃으며 전화기를 들었다가 시계만 보고 다시 내려놓았다.

"걱정 말라니까, 미국에서 출발할 때 통화했어. 자꾸 전화 걸면 상대가 귀찮아하잖아. 너, 케이가 예전 김 건인 줄 아냐? 한국에서 데뷔했던 애송이가 아니라고, PPV를 팔아도 1억 장은 기본으로 파는 대형 뮤지션인데 확인한답시고 자꾸 전화질 해 대면 좋아하겠냐?"

석진이 울상을 지으며 영석의 옷을 잡아 끌었다.

"야, 너 김 건이랑 친하다며, 아니, 케이랑 친하잖아. 업계 사람들 다 알던데, 너 방송도 두 개나 같이하지 않았어? 미국까지 가서 인터뷰 따 온 것도 너고, 케이가 한국 방송사에 아는 사람은 너밖에 없다고 소문이 자자하던데, 한 번만 확인해 주면 안 되냐, 나 진짜 돌아버릴 것 같다고."

"야, 오후 네 시에 생방인데, 지금 새벽 일곱 시다. 블라인드 게스트라 리허설 장면도 비밀로 하려고 일찍부터 불렀는데 뭐 벌써부터 걱정이야, 조금만 기다리라니까."

석진이 계속 울상으로 조르는데 두 명의 여성이 다가왔다.

키가 작고 귀엽게 생긴 여성이 손에 큐시트를 말아 쥐고 헌팅캡에 구스다운을 입고 뛰어오며 말했다.

"PD님! PD님!"

"어, 지현 AD야, 왜?"

"카메라 감독님들 레디 끝났어요. 오디오 체크랑 조명도 끝내서 바로 리허설 들어가면 되는데, 오늘 오기로 한 뮤지션이 대체 누구길래 새벽부터 난리냐고 감독님들이 툴툴거리세요, PD님이 좀 가보셔야 할 것 같은데요."

"에혀, 감독님들 화 많이 나셨냐?"

"화까지는 아니고 짜증 내시는 것 같아요, 자기들도 방송사 관계자인데 누가 나오는지 말 안 해주니 마음이 좀 상하셨겠죠. 저도 모르니 귀띔도 못 해드렸고요. 진짜 누가 나오길래 새벽부터 소집하신 거예요, PD님?"

옆에 함께 다가온 통통한 삼십 대 여성이 빈 종이를 들어 보이며 말했다.

"큐 시트까지 전부 비워놓으라고 하셨는데, MC가 무슨 질문을 해야 할지도 안 정했어요. 이럴 거면 작가들은 왜 부르신 거예요?"

석진이 미안한 표정을 지으며 말했다.

"최 작가, 미안해. 나도 말해주고 싶은데 보안 사항이라 입단속하라는 지시가 있어서 말이야."

"쳇, 아무리 그래도 어떻게 스텝들한테까지 비밀로 하세요? 서운해요, 정말."

"에혀…… 내가 무슨 힘이 있겠어, 그냥 PD 나부랭이인데."

최작가가 영석을 째려 보며 말했다.

"전무님. 전무님은 알고 계시죠?"

영석이 능글맞게 웃는 것을 본 최작가와 지현이 그의 팔을 잡고 당겨대며 말했다.

"궁금해 죽겠어요! 말 좀 해주세요, 전무님!"

"하하, 알았어요, 알았어. 이거 좀 놓고 이야기해요."

영석이 항복을 하자 팔을 놓은 두 여자가 눈을 초롱초롱하게 빛내며 그의 얼굴을 보았다.

입맛을 다신 영석이 말을 하려다 말고 고개를 빼며 복도 끝을 눈짓했다.

"하하, 저기 오네요."

석진, 지현, 최작가가 일제히 복도 쪽으로 고개를 돌리자, 복도 끝 골목을 돌아 나오는 두 남녀가 보였다.

남자 쪽은 키가 작고 얼굴이 검은 것이 마치 개그맨처럼 생겼는데, 반대로 여성은 멀리서 봐도 눈부시게 아름다웠다.

눈을 가늘게 뜨고 여자를 바라보던 최 작가가 입을 떡 벌렸다.

"시, 시, 시, 시시시시 시즈카 미야와키?"

지현이 손뼉을 치며 깡총깡총 뛰었다.

"꺄악! 진짜 시즈카 미야와키야? 어머, 나 완전 팬인데! 이래서 비밀이라고 하셨군요!"

확 밝아진 석진과 눈을 맞춘 영석이 능글맞게 웃었다.

"후후, 글쎄?"

골목을 돌아 나오는 시즈카의 뒤로 키가 큰 백인 남자와 흑인 남자가 나오자 지현이 가자미눈을 뜨며 말했다.

"저 사람들은 세션맨인가? 흑인은 완전 처음 보는 사람이고…… 백인 쪽은 뭔가 낯이 익은데…… 누구였지?"

최작가 역시 미간을 좁히며 그를 자세히 보다가 들고 있던 빈 큐 시트를 바닥에 떨구었다.

탁 소리가 나며 떨어진 큐 시트를 본 지현이 의아한 눈으로 최작가를 보자, 떨리는 눈으로 복도 끝을 보고 있던 최작가가 중얼거렸다.

"케, 케빈 윈스턴…… 모, 모, 몬타나야……."

"헉! 뭐라고요?"

놀란 지현이 고개가 부러질 듯 케빈 쪽으로 고개를 돌렸다. 확실히 상대를 확인한 지현이 몸을 바들바들 떨며 작게 말했다.

"시즈카 미야와키…… 케빈 윈스턴이 왔다면…… 서, 서, 설마?"

최작가와 지현이 동시에 영석에게 고개를 돌리자, 웃고 있던 그가 앞으로 나서며 손을 흔들었다.

"여어! 건아!"

골목길에서 양쪽에 윤정과 진연을 대동한 건이 모습을 드러냈다.

자신을 부르는 목소리에 고개를 빼고 이쪽을 바라본 건이 환하게 웃으며 달려왔다.

멀리서 달려오는 건의 모습이 마치 환상이라도 된 듯 몽롱한 표정으로 변한 두 여인이 자기도 모르게 양손을 가슴으로 끌어모았다.

"영석이 형!"

"으하하, 이 녀석! 이제 수염도 거뭇거뭇한 게 어른 다됐네!"

"하하, 형! 보고 싶었어요!"

얼싸 안은 두 사람이 해후를 나누는 도중 나머지 일행들도 도착했다.

건의 얼굴에서 눈을 떼지 못하는 두 여성들이 인사도 하지 못하고 멍한 표정을 짓고 있는 것을 본 영석이 실소를 지으며 석진을 소개했다.

"아, 이쪽은 오늘 프로그램의 메인 PD인 홍석진. 내 친구니 잘 부탁해."

석진이 이제야 믿기는 듯 안도의 한숨을 쉬었지만 자신의 눈앞에 진짜 건이 있다는 사실이 어이없는지 머뭇거리며 악수를 청했다.

"호, 홍석진입니다. 여, 영광입니다."

건이 밝게 웃으며 그의 손을 맞잡았다.

"잘 부탁드립니다, PD님."

"제…… 제가 잘 부탁 드려야죠. 이…… 이 쪽으로 오시지
요."

아무 표기도 되어 있지 않은 대기실 안으로 안내하는 석진
을 따라 일행이 모두 방으로 들어간 후 영석과 함께 휴게실에
남겨진 최작가가 떨리는 손으로 자신의 볼을 꼬집었다.

"이…… 이거 진짜야? 이거 꿈 아니지?"

지현 역시 믿기지 않는지 닫혀 있는 대기실 문을 멍하게 바
라보며 영석의 팔을 잡아 끌었다.

"저, 전무님. 이거 저만 보이는 거 아니죠?"

영석이 장난스러운 표정을 지으며 말했다.

"이거 꿈이에요. 여긴 꿈속이고요."

"아…… 하하 그렇겠죠? 그럴 리가 없지요, 제 방송에 케이
가 나오다니 그런 일은 꿈에나 있는 거겠죠?"

최작가가 몇 번이나 자신의 볼을 꼬집으며 말했다.

"안 아픈 걸 보니 진짜 꿈인가 보네……."

두 여자의 모습을 보던 영석이 크게 웃음을 터뜨리며 둘의

등을 살짝 때렸다.

"푸하하하, 자 이제 꿈에서 깨시고 뮤지션이 왔으니 준비들 하세요. 직원들 출근 전에 리허설 끝내야 되는 거 아시죠?"

홀린 듯한 두 사람이 영석의 말에 반사적으로 리허설 장으로 이동하는 도중 다시 열린 대기실 문으로 고개를 획 돌렸다.

문 안에서 머리만 밖으로 나온 건이 두 사람과 눈을 마주치고는 미소를 지으며 살짝 목례를 취하자 자기도 모르게 구십 도로 인사를 하는 두 여성이었다.

건이 휴게실에 있는 영석에게 손짓하며 웃었다.

"형, 들어 와요. 이야기 좀 나누게."

영석이 알았다는 듯 손을 휘저은 후 들고 있던 종이 컵을 휴지통에 넣고 대기실로 들어가며 아직도 허리를 숙이고 있는 두 여성의 어깨를 살짝 쳤다.

"푸후후, 20분쯤 뒤에 리허설 해야 하는데 이럴 시간이 있나요? 상대가 누군지 봤으면 리허설 수준이 어때야 하는지 알겠죠?"

허리를 편 지현의 얼굴이 하얗게 질렸다.

상대는 보통의 스타 뮤지션이 아니라 음악의 천재, 현세의 천사라 불리는 케이였다.

오디오 체크부터 전부 다시 해야 한다는 생각에 마음이 급해진 지현이 냅다 리허설 현장으로 뛰어가자, 혼자 남은 최작가가 대기실로 들어가고 있는 영석에게 물었다.

"저, 전무님! 채은 씨한테도 비밀이에요?"

영석이 능글맞게 윙크를 하며 검지 손가락을 입에 올렸다.

"쉿!"

♪♫♪

지현 AD가 녹색 플라스틱 바구니를 가지고 리허설 현장을 준비 중인 스텝들 사이를 누비며 소리쳤다.

"석진 PD님 지시사항입니다, 리허설에 참가하시는 모든 스텝 여러분들은 이 바구니에 핸드폰과 테블릿 PC를 넣어주세요!"

프로그램이 시작된 지 일 년이 조금 못 되는 기간 동안 처음 있는 지시에 의아한 표정을 짓던 스텝들이 할 수 없이 바구니에 핸드폰을 넣었지만, 경력이 길고 나이가 지긋한 카메라 감독들은 작은 반발을 했다.

베이지색 헌팅 캡을 쓰고, 구스 베스트를 입은 50대 카메라 감독이 설치된 카메라 중 가장 큰 메인 카메라에서 벗어나며 인상을 썼다.

"아니, 지현 AD. 이게 무슨 말이야! 새벽부터 사람 오라고 하더니, 이젠 뭐? 핸드폰까지 뺏어? 도대체 누가 오길래 이 난

리야? 아니, 막말로 우리가 함께한 것도 일 년이 다 되어가는 데 보안 사항이라고 출연자 알려주지 않는 것도 충분히 서운하거든? 그런데 이젠 핸드폰까지 뺏다니, 아무리 유명한 사람이 온다고 해도 이건 너무 하잖아. 나랑 성식이는 작년에 마룬 파이브랑 엘튼 존 콘서트도 했지만 이런 대우를 받은 건 처음이라고."

지현이 미안한 표정을 지으면서도 석진의 지시를 어길 수 없었는지 바구니를 내밀며 말했다.

"미안해요, 광호 감독님. 한 번만 이해해 주세요. 그리고 마룬 파이브나 엘튼 존은 광고 제대로 하고, 모두가 콘서트 하는 장소나 시기를 알고 있었잖아요, 이번과는 다르니 조금만 이해해 주세요."

작고 귀여운 타입의 지현이 애교를 피우며 어깨를 주물러 주자 광호가 표정을 약간 풀었지만, 여전히 기분이 나빴는지 볼멘소리를 했다.

"아니…… 지현 AD가 무슨 죄가 있겠어. 난 그냥 석진 PD 한테 서운해서 그러지. 같은 스텝들끼리 못 믿으면 어떡하나?"

"헤헤, 우리 감독님. 어깨 뭉친 것 봐. 요새 많이 피곤하셨나 봐요."

"오오, 그래. 거기 시원하다. 어이 조그만 지현 AD가 아귀 힘은 아주 강하단 말이야. 어우! 시원해라."

"헤헤, 이해해 주실 거죠, 감독님? 어차피 금방 리허설 시작할 건데 조금만 기다리시면 알게 되실 거예요."

"허허, 알았어. 그런데 어제 채은씨 만났는데, 메인 MC도 누가 나오는지 모르고 있던데? 진행이 가능하겠어?"

"네, 채은 언니도 모르고 계시는 것 맞아요. 큐 시트는 뮤지션 출연 전 시청자 의견이나 질문을 읽어주는 것까지만 있고요."

"으음…… 그렇군. 그런데 채은 씨는 오늘 리허설을 오후 두 시로 알고 있던데, 뮤지션 포함한 전체 리허설은 안 하는 거야?"

"네, 뮤지션 리허설 끝나고, 채은 언니는 나중에 자기 부분만 리허설 하실 거예요. 관객 입장이 세시부터니까 두 시 반까지만 끝내주세요."

지현이 광호 감독의 어깨를 주무르며 그의 기분을 풀어주는 도중 잔뜩 인상을 쓴 거구의 남자가 씩씩거리며 다가왔다.

"이봐요, 지현 AD!"

광호의 어깨를 주무르던 지현이 어깨를 움찔했다.

"네…… 네? 오디오 감독님."

같은 남자들에 비해서 덩치가 두 배는 큰 남자가 쓰고 있던 빨간 모자를 바닥에 내팽개치며 화를 냈다.

"아니, 우리 조수 애들한테 와서 오디오 체크 처음부터 다시 하라고 했다면서요? 그게 무슨 소리요? 내가 분명히 체크 끝냈다고 말했어요, 안 했어요? 지금 나 무시하는 거요?"

가뜩이나 인상이 험악한 그가 호통을 치자 죄인처럼 다소 곳하게 있던 지현이 기어 들어가는 목소리로 말했다.

"그게…… 석진 PD님이……."

"그러니까 석진 PD는 어디 가고 AD가 와서 체크 다 끝난 오디오 장비를 다시 체크하란 소리를 하고 가냐 이겁니다!"

오디오 감독이 흥분하자 광호가 손을 들며 그를 진정시켰다.

"이봐, 가뜩이나 작은 지현 AD 겁먹게 왜 이리 소리를 질러, 배운 사람이? 진정하고 말하라고."

"아니, 형님! 이게 지금 말이 되냐고요, 네 시가 생방이면 보통 열 시 넘어서 모이는 게 불문율이잖습니까, 그런데 오늘 우리 여기 몇 시에 왔어요? 무대 설치 팀은 어젯밤부터 밤새하고 갔고, 우리는 새벽 다섯 시부터 모여서 준비했어요. 생고생해서 오디오 체크 끝내놨더니 뭐? 처음부터 다시 체크? 웃기지 말고 내 당장 석진 PD를 좀 봐야겠으니까 앞장서요!"

화가 난 오디오 감독이 윽박을 지르며 지현을 재촉하자, 할 수 없어진 지현이 그를 데리고 석진이 있는 대기실로 향했다.

모두가 불만이 있었기에 어떤 사람은 시원해하기도 했고, 또 누군가는 그가 너무 심하게 화를 내는 것이 아닌가 하고 걱정하기도 했다.

광호는 자신이 먼저 화를 내고 있었다가, 누군가 더 크게 화를 내며 지현을 데려가 버리자 애꿎은 메인 카메라를 닦으며 툴툴거렸다.

"쳇, 새벽부터 이게 뭔 고생인지, 하여간 별것도 아닌 뮤지션이 왔으면 내가 오늘 다 뒤집어엎는다."

어리고 착한 지현이었지만 그녀는 AD였다.

그녀의 지시를 어기면 PD에게 불호령이 떨어질 것이라는 걸 아는 스텝들이 다시 부산하게 장비를 체크 하기 시작했고, 약 십 오 분가량이 지난 후 리허설 장으로 뛰어 들어온 오디오 감독을 본 광호가 큰 소리로 물었다.

"어이, 이 감독. PD 만났나? 뭐래?"

이 감독이라 불린 오디오 감독은 광호의 말에 답도 하지 않고 쌩 달려가 조수를 찾았다.

"진우야! 진우 어디 갔어!"

이십 대의 젊은 오디오 기사가 헐레벌떡 뛰어왔다.

"네, 감독님!"

이감독이 오디오 컨트롤러 앞에서 헤드폰을 쓰며 급하게 말했다.

"너 스피커 체크 다시 해. 1번부터 12번까지 전부. 그리고 PD 컨트롤박스 가서 방송용 스피커까지 전부 체크해."

"그거…… 아까 다 했는데요."

"다시 하란 말이야! 처음부터 다시! 완벽해야 해! 뛰어 인마!"

"네, 넵!"

진우가 이감독의 호통에 군인 같은 동작으로 재빨리 뛰어나가자 그를 보고 있던 스텝들이 웅성거렸다.

결국 궁금함을 참지 못한 광호가 스텝들을 대신해 물었다.

"아니, 이 감독. 씩씩거리며 다 엎을 것처럼 가더니 이게 무슨 일이야?"

헤드폰에서 한 쪽 귀만 벗은 이감독이 손으로 계속 앰프를 조정하며 말했다.

"형님, 형님도 카메라 체크 처음부터 다시 하세요, 오늘 제대로 못 하면 우리 다 모가지 날아갑니다."

광호가 미간을 좁히며 다가와 은근한 어조로 물었다.

"왜? 석진 PD가 뭐라는데?"

이감독이 생각만 해도 진땀이 나는지 이마에 식은땀을 닦으며 말했다.

"유…… 육십 개국에 나간답니다."

"웅? 뭐가?"

"지금 이 방송이요, 육십 개국에 판권을 팔았답니다."

"뭐? 도대체 누가 나오길래 그래?"

이 감독이 주위를 둘러보며 입을 내밀자 재빨리 귀를 내민 광호가 그가 속삭이는 소리를 듣자마자 눈이 왕방울만 하게 커졌다.

"뭐라고!"

소리를 치는 광호 덕에 모든 스텝의 시선이 집중되자 그의 어깨를 잡아 누른 이 감독이 연신 검지를 입 위에 올렸다.

"쉿! 쉿! 아직 지현 AD가 핸드폰 다 안 걷었어요. 조용!"

"지…… 진짜야?"

"네, 가서 직접 보고 왔다니까요."

"헉…… 제, 제길. 야! 카메라 스텝들 전부 모여!"

이감독에 이어 광호까지 난리 부르스를 추기 시작하자 눈치 빠른 조명 감독은 설명을 듣지 않았음에도 알아서 장비를 다시 체크하기 시작했다.

♪♪♩

오후 한 시 반.

큐 시트가 없다는 사실을 안 채은이 걱정스러운 마음에 평소보다 조금 일찍 MC 대기실의 문을 열었다.

미리 대기하고 있던 메이크업 아티스트와 헤어 디자이너가 자리에 앉은 그녀의 머리와 메이크업을 하기 시작하자, 채은이 뒤에 있는 매니저에게 물었다.

"매니저 오빠. 오늘 큐 시트도 없다는데 도대체 누가 오길래 그래요?"

매니저가 모른다는 듯 어깨를 으쓱하는 도중 대기실 문이 열리며 지현이 들어왔다.

"어머, 채은 언니. 일찍 오셨네요?"

"AD님! 뮤지션 리허설도 안 한다면서요, 진짜 이렇게 해도 되는 거예요?"

"뮤지션 리허설 끝났어요, 언니 리허설만 하시면 돼요."

"아니, 도대체 누구길래 이래요, 저 메인 MC예요, AD님. 제가 게스트가 누군지도 모르면 어떡해요."

"하아, 미안해요, 언니. PD님 지시사항이라 어쩔 수 없어요."

"휴우…… 걱정이네요, 정말. 그럼 오프닝이랑 시청자 사연 소개까지만 대본이 있는 건가요?"

"네, 여기 있어요."

지현이 넘겨주는 큐 시트를 넘겨 본 채은이 한숨을 쉬었다.

"하아, 건이가 정규 앨범 발표를 하니까, 시청자 의견이 건이 이야기로 도배되어 있네. 난 네팔에서 돌아온 후에 건이랑 전화 통화 한번 못 해봤는데……."

지현이 웃으며 그녀의 어깨를 잡았다.

"한국 연예인 중에 유해신 선배님이랑 차상원 선배님 말고는 채은 언니만 김 건 씨와 연관이 있잖아요. 가장 주목도가 높은 시기니까 아무래도 질문이 그쪽으로 편중되어 있겠죠. 대충 답해주시면 돼요."

"휴, 건이 이 무심한 녀석은 어째 전화 한 통 안 하는지······ 내 전화번호도 알면서 휴."

지현이 장난스럽게 웃으며 뭔가 말을 해주려다가 입을 다물었다.

"헤헤, 그럼 언니. 이따 봐요."

정확히 오후 두 시에 시작된 채은의 리허설은 이십 분도 지나지 않아 끝났다.

뮤지션과 토크를 하는 시간이 많은 프로그램인데, 뮤지션이 없고 질문도 없기에 오프닝과 시청자 의견, 클로징만 리허설하면 끝이었기 때문이다.

오후 세 시부터 입장한 관객들은 블라인드 게스트가 누구인지 모르고, 그저 자신이 좋아하는 뮤지션이 나오길 기대하며 입장하기 시작했다.

곧 막내 작가가 올라가 바람을 잡고 관객들의 웃음을 이끌어내며 분위기를 끌어올렸다.

적당히 분위기가 올라오자 석진이 메인 PD 컨트롤박스에서 마이크로 지시를 내렸다.

"자, 생방 시작 20초 전입니다. 마지막 광고 나가고 있으니까, 채은 씨 스탠바이하세요."

생방송은 언제나 긴장의 연속이니만큼 스텝들은 자신의 순서 전에 미리 대기하고 있었다.

채은 역시 십 여분 전부터 무대 뒤에서 이어폰을 끼고 대기하고 있었다.

이어폰을 통해 석진의 목소리가 들리자, 무대의 막이 열리며 관객들의 박수가 쏟아졌다.

은색의 실크 원단에 눈부신 보석들이 박힌 드레스를 입은 채은이 고운 미소를 지으며 무대 뒤 계단에서 무대를 향해 내려왔다.

채은은 네팔에서 건과 함께한 방송을 시작으로 음악 프로그램 MC까지 맡으며 현재는 상당한 인지도를 쌓은 상태였다.

사람들에게 손을 흔들어주며 내려온 채은이 무대 중앙에 서서 마이크를 들자, 바람을 잡던 막내 작가가 카메라 밖에서 손짓하며 관객들의 박수와 환호를 가라앉혔다.

"안녕하세요, 여러분. 채은의 뮤직 아카데미입니다."

고운 그녀의 목소리가 적당한 소리로 퍼져 나가며 관객들의 귓가를 편안하게 만들었다.

"시청자 게시판에 오늘 게스트는 블라인드로 나갔는데도 이렇게 많은 분이 찾아와 주셨네요, 너무 감사합니다. 여러분 많이 궁금하시지요?"

관객들이 입을 모아 소리쳤다.

"네에~"

채은이 곱게 입을 가리며 웃음을 지었다.

"호호, 그런데 아쉽게도 저도 모르고 있어요. 리허설도 따로 할 만큼 철저한 보안을 거쳤답니다. 오늘의 게스트를 모시기에 앞서 시청자 게시판에 올려주신 사연과 질문을 소개해 드리는 시간을 가질게요."

그녀가 무대 한쪽 끝에 설치된 하트 모양의 배경 앞 빨간 소파에 앉자, 배경 음악이 깔렸다.

음악이 작아지길 기다린 채은이 큐 시트를 보며 웃음을 지었다.

"첫 번째 질문입니다. 서울 방배동에 사는 정호숙 님께서 보내주셨네요. 채은 MC님, 요새 케이의 정규 앨범 발표로 소란스러운데, 혹시 케이와 전화 연결을 해주실 수는 없나요?"

그녀의 입에서 건의 이름이 나오자 관객들이 열광했다.

채은이 관객들을 보며 쑥스러운 미소를 머금고 핑크색 핸드폰을 꺼내 흔들었다.

"이 전화기 안에 케이의 전화번호가 있긴 합니다."

그녀의 전화기 안에 건의 전화번호가 있다고 하자, 관객석이 무너질 듯한 환호가 흘러나왔다.

"꺄아아아악! 그 전화기 제가 살게요!"

"통화 한 번만 해주세요! 영상 통화로요!"

"채은 언니! 한 번만요! 네에?"

관객들이 아우성치는 것을 보며 웃던 채은이 핸드폰을 가슴에 끌어안으며 말했다.

"하지만 한 번도 연락해 본 적은 없어요. 그래서 이 전화번호를 아직도 사용하고 있는지도 모른답니다. 전화했다가 안 받으면 상처받을 것 같아서 전화는 안 할래요, 호호."

관객들을 들었다 놨다 하는 채은의 말에 사람들이 실망의 탄성을 질렀다.

큐 시트를 넘긴 채은이 다음 질문을 읽었다.

"제가 케이와 연관이 있다 보니 이번 주의 질문은 그의 이야기가 대부분이네요. 다음 질문입니다. 경기도 남양주시에 사시는 김광진 씨가 보내주셨네요. 케이의 이번 앨범은 CD를 구매하지 않으면 뮤직비디오도 볼 수 없고, 라디오에서도 나오지 않는다고 들었습니다. 와이프가 임신 중인데 그의 노래를 들으면 큰 선물이 될 것 같아 레코드점을 뒤졌지만, 매번 매진이라는 소리만 들으며 발걸음을 돌리고 있네요. 채은 MC님은 케이와 친하니 CD를 구해주실 수는 없을까요? 호호. 김광진 씨? 저도 못 샀어요."

채은의 농담에 관객들이 웃음을 터뜨렸다.

그로부터 세 개의 사연을 더 읽은 채은이 이어폰으로 울리는 석진의 목소리에 귀를 기울였다.

"자, 채은 씨. 이제 게스트 소개하세요. 지현 AD. 뮤지션 준비됐나요?"

"네, PD님 준비됐습니다."

"좋아요, 지금 소개하세요."

자연스레 웃으며 이어폰의 소리를 듣고 있던 채은이 자리에서 일어나며 말했다.

"자, 여러분. 이제 오늘의 게스트를 모실 시간입니다. 저도 무척 궁금한데요, 어떤 분이 나오셨는지 우리 함께 만나 볼까요? 그럼 나와주세요!"

스텝 두 명이 재빨리 움직여 무대 중앙에 소파를 가져다 놓자, 채은이 중앙으로 이동했다.

보통 그녀가 이동 중일 때 카메라가 워킹하며 무대 뒤 계단을 비추고 그곳에서 게스트가 나오는데, 채은이 이동 중에도 게스트의 입장을 알리는 음악이 나오지 않자 방송사고라고 생각한 그녀가 재빨리 걷는 도중 마이크를 들었다.

"아, 우리 블라인드 게스트께서 궁금증을 더 유발하시려고 안 나오시나 봐요, 호호. 게스트 분? 시청자분 분들과 관객분들이 많이 기다리세요, 이제 나와주시겠어요?"

채은이 재빨리 메인 카메라 감독 옆에 있는 지현을 보자 그녀가 안심하고 앉으라는 수신호를 보냈다.

그제야 마음을 놓은 채은이 무대 중앙 소파에 앉자, 스튜디오에 폭발적인 음악 소리가 들렸다.

갑자기 엄청난 볼륨으로 재생되는 음악에 살짝 놀란 채은이 눈을 동그랗게 뜨고 무대 뒤를 바라보자, 음악 소리를 들은 관객들이 웅성거렸다.

"이거…… Fury 아냐?"

"헉…… 맞다, Second Fury야."

"등장 음악에 남의 음악 가져다 써도 되는 건가? 아무리 인기 많은 곡이라도 그렇지."

"그러게, 이거 팡타지오에서 알면 고소할 텐데, 괜찮을까 모르겠네."

웅성거리던 관객들이 무대 뒤 계단을 가린 천막 속에서 걸어 나오는 비율 좋은 남자를 보고는 자리에서 벌떡 일어나며 소리를 질렀다.

"꺄아아아악! 케이! 케이야!"

"아아아아악! 진짜? 진짜 케이야? 말도 안 돼!"

"한국에 왔다는 소리 없었는데, 어머 자기야, 우리 오늘 로 또 당첨됐어!"

놀라기는 관객들보다 채은이 더 놀란 듯 보였다.

보통 게스트가 나오면 자리에서 일어나 박수를 쳐 주던 채은이었지만 무대 위 계단의 난간을 붙잡고 관객들을 향해 웃음을 보이고 있는 건을 본 그녀는 자리에서 일어날 힘이 없어 보였다.

아무런 말도 못 하고 떨리는 눈으로 건을 바라보고 있던 채은은 무대에서 내려온 건이 마이크를 붙잡고 자신에게 말을 걸어도 답을 하지 못했다.

"누나, 안녕? 잘 있었어?"

건과 채은이 네팔에서 꽤 오랜 시간 함께 있었다는 것은 대한민국 국민뿐 아니라 세계가 다 아는 사실이었지만 막상 건이 반말을 하며 친근한 모습을 보이자 다시 한번 관객석에서 함성이 터졌다.

거기에 채은의 반응으로 건이 게스트라는 것을 아무도 몰랐던(mc인 채은까지도) 것이라 생각한 관객들이 다시 한번 큰 박수와 환호를 보냈다.

메인 PD의 컨트롤박스에 앉은 석진이 자신의 옆에 서서 팔짱을 끼고 있는 영석과 하이파이브를 하며 외쳤다.

"그렇지! 성공이다! 관객 반응 죽이는데?"

영석이 싱긋 웃으며 석진의 등을 툭 쳤다.

"나중에 술 사는 거다?"

"오케이! 백 번도 산다! 하하하! 그런데 영석아 이거 네 기획이야?"

"아니, 미쳤냐, 건이는 세계적인 스타인데 내 기획대로 움직일 수 있는 사람이 아니지. 전부 팡타지오의 손린 이사 작품이야. 이번 건도 그 여자가 직접 기획안을 던진 거고 내가 상부에 올린 거야. 난 손도 안 댔어."

"후아, 마케팅 천재라더니 장난 아니네, 그 여자."

"후후, 이게 끝은 아닐 거니 기대해라."

"응? 뭐 더 아는 거 있어?"

"킥킥 몰라 나도. 그런데 내가 아는 그 여자는 이런 일 정도로 끝낼 여자가 아니거든. 분명 뭔가 더 있을 거야. 방송이 이거 하나만 있는 건 아니니 다음 활동들도 지켜보자고."

영석과 석진이 모니터 화면 속 투샷으로 잡히고 있는 건과 채은에게로 시선을 돌렸다.

모니터 속에 있는 건은 검은 가죽 라이더 재킷에 스키니 블랙진, 하얀색 바탕에 밀리터리 배색이 들어간 라운드 티셔츠를 입고 샌드부츠를 신고 있었다.

싱글싱글 웃고 있던 건이 마이크를 잡고 말했다.

"누나 진행 안 해?"

퍼뜩 정신을 차린 채은이 관객석을 보며 말을 더듬었다.

"아…… 아, 아, 앉으세요……."

"시청자분들께 소개 안 해줘? 나 그냥 앉아?"

"아! 아, 그, 그게. 여, 여러분! 기, 김 건 씨입니다!"

보통 뮤지션 소개가 나오면 박수가 나와야 하지만, 채은의 당황한 모습 덕에 관객석에서 웃음이 터져 나왔다.

얼굴이 빨개진 채은이 당황하자 건이 관객석과 카메라를 향해 손을 흔들었다.

"안녕하세요, 여러분. 케이라고 불리는 김 건입니다."

건의 인사가 나오고 나서야 관객석에서 우레와 같은 박수 소리가 나왔고, 건이 엉거주춤 서 있는 채은의 팔을 잡아당겨 함께 소파에 앉았다.

큐 시트도 없는 데다 갑자기 나타난 건 덕에 정신이 없는 채은이 말을 잇지 못하고 건의 얼굴을 멍하니 보고만 있자, 지현이 카메라 옆에서 빨리 진행하라는 듯 손을 빙글빙글 돌렸다.

하지만 채은은 지현을 보지도 못하고 그저 건의 얼굴만 보고 있었다.

참다못한 건이 웃으며 말했다.

"여러분 우리 MC님이 당황하신 것 같은데 응원의 박수 한

번 부탁드려요."

채은이 MC인지 건이 MC인지 모를 분위기에 다시 한번 관객석에서 웃음과 격려의 박수가 터져 나오자 그제야 정신을 차린 채은이 마이크를 들었다.

"에…… 죄, 죄송합니다, 여러분. 제가 당황을 해서…… 기, 김 건 씨가 나와주실 거라고는 생각도 못 했어요. 아, 아니, 케, 케이라고 불러야겠군요. 케이가 나온 이상 외국 방송사에서도 우리 방송을 가져가 방송할 테니까요."

"하하, 편하신 호칭으로 불러 주세요. 둘 다 제 이름이니까요."

채은이 존대를 하자 눈치 빠르게 존대로 대응하는 건이었다.

채은이 빈 큐 시트를 만지작거리며 질문 거리를 찾았다.

"에…… 그, 그러니까 어, 어떻게 지내셨나요?"

"앨범 준비하고, 뮤직비디오 찍고, 학교 다니고 바빴죠. 채은 씨는 어떻게 지내셨나요?"

"네? 아…… 네. 저, 저는 잘 지냈어요."

"먹성은 여전하시고요? 엄청 잘 드셔서 네팔에서 별명이 류 돼지였는데, 지금도 그런가요?"

다시 관객석에서 웃음이 터져 나오자 얼굴이 빨개진 채은이 눈을 흘겼다.

"아니거든요? 저 별로 안 먹거든요?"

"예? 별로 안 먹는다니요? 그때 네팔에서 매일 먹을 거 찾으러 좀비처럼 돌아다니던 사람은 딴 사람이었나요?"

"이익! 아니라고!"

채은이 큐 시트로 건의 입을 막으려 하자 관객들이 즐거워했다.

언제나 각본대로 다소곳한 진행을 하던 채은의 원래 모습과 다른 그녀의 진짜 모습은 관객들에게 더 진솔하게 느껴졌기 때문이다.

건의 장난으로 인해 긴장이 풀어진 채은이 다시 입을 열었다.

"한국에는 언제 온 거예요?"

"오늘 새벽에 왔어요. 우리 누나 방송이라고 해서 제일 먼저 활동할 방송으로 택한 거죠."

관객석에서 오오! 하는 탄성이 나오자 건과의 친분이 자랑스러웠던 채은이 미소를 지었다.

"제일 먼저 활동할 방송이라고 하셨네요. 활동이란 건 음악 활동을 말씀하시는 것이겠죠?"

"물론이죠, 전 뮤지션이니까요."

"그럼…… 오늘 케이의 신곡을 들어볼 수 있는 것인가요?"

채은의 말이 떨어지자 관객석이 들썩거리며 큰 환호가 울려퍼졌다.

관객들의 열광적인 반응을 지켜본 건이 씩 웃으며 고개를 끄덕였다.

"그럼요, 오늘 바람의 노래와 불의 노래를 들려 드릴 예정이에요."

"정말이요? 바람의 노래는 한국 댄스 그룹이었던, 윤정, 진연 양이 함께해야 하고, 불의 노래는 시즈카 미야와키, 케빈 윈스턴, 아더 호지슨이 함께해야 하는데, 한국까지 그분들이 오셨을 리도 없고, MR로 들려주실 생각인가요?"

아쉬웠지만 MR이라도 건이 노래하는 게 어디냐고 생각한 관객들이 건의 얼굴로 시선을 집중했다.

건이 장난스럽게 웃으며 말했다.

"글쎄요? 어떻게 할까요?"

채은이 인상을 찌푸리며 생방송임에도 불구하고 편집해 달라는 포즈를 취했다.

10개월의 MC 경력으로 노련해진 채은은 편집이 되지 않는 것을 알지만 농담을 하기 위해 일부러 그런 제스처를 취한 것이었다.

손가락으로 가위를 만들어 자르는 시늉을 한 채은이 마이크를 들고 반말로 말했다.

"야, 건이 너. 진짜 너무한 거 아니야? 어떻게 촬영 끝나고 연락 한번을 안 하냐, 그리고 이제야 찾아와서 '글쎄요'가 뭐야 '글쎄요'가! 똑바로 대답 안 할래?"

"아이쿠! 오랜만에 만나서 때리려고 한다!"

"일루 와! 너 이씨!"

건이 소파에서 일어나 도망 다니고, 채은이 소파 주위를 빙글빙글 돌며 쫓아다니자 관객들이 다시 한번 크게 웃었다.

결국 채은에게 잡힌 건이 그녀에게 꿀밤을 맞은 후 머리를 만지며 울상을 지었다.

"나 이렇게 대접하면 안 될 텐데!"

"됐어! 해도 돼! 얄미워 진짜. 빨리 앉아."

소파에 앉은 채은이 다시 표정을 바꾸며 원래 진행하던 얌전한 표정이 되자 관객들이 더욱 크게 웃었다.

건이 그녀를 가리키며 어깨를 으쓱하자 또 한 번 웃음을 터뜨리는 관객들이었다.

채은이 건을 흘겨본 후 다시 차분한 목소리로 말했다.

"그럼 케이. 첫 곡으로 들려주실 음악은 어떤 곡인가요?"

건이 그녀에게 맞은 머리를 매만지며 고개를 갸웃했다.

"아…… 머리에 충격을 받아서 갑자기 생각이 안 나는……."

채은이 째려보는 것을 본 건이 급히 자세를 바로 하자 다시 관객들이 웃었다.

"네! 바람의 노래입니다!"

"네, 그렇군요. 그럼 첫 번째 무대를 부탁드립니다. 저는 첫 무대 후에 다시 만날게요."

그녀의 마지막 멘트 후 무대에 불이 꺼지고 재빨리 올라온 스텝들이 소파를 치웠다.

어두워진 무대를 내려가는 채은이 마지막까지 건의 팔을 꼬집으며 속삭였다.

"너 진짜! 이따가 봐!"

관객들의 박수와 환호 소리가 울려 퍼졌고, 무대 뒤편 커튼으로 가려진 두 개의 문에 불이 켜졌다.

잠시 조용해진 관객들이 커튼 뒤에 실루엣이 비치는 것을 보고 놀라 소리쳤다.

"뭐, 뭐야! 윤정, 진연이 진짜 온 거야?"

관객들이 손가락질을 하고 있는 커튼 뒤, 포즈를 잡고 있는 두 소녀의 실루엣이 보였다.

"오디오 MR 스탠바이! 1번 카메라 감독님 관객석 뒤에서 전체로 잡아주시고, ENG 감독님들 무대로 올라가요!"

석진이 PD 컨트롤박스에서 채은의 마이크를 줄이고, 뮤지션 마이크와 오디션 볼륨을 높이며 소리쳤다. 이것은 케이의 정규 앨범 첫 번째 무대.

세계 63개국에서 이미 MVN 의 방송 판권을 구매한 상황이라는 상부의 언급이 있었던 만큼 석진의 긴장도는 극에 달했다.

미리 케이의 출연에 대해 광고를 했다면 시청률까지 노려볼 만했었지만, 시청률 3%도 케이블에서는 대단한 시청률이었기에, 판권 판매에 대한 이득만 보고 덤빈 기획은 이사진들의 아쉬움을 샀지만, 대한민국 내가 아닌 전 세계에서 최초로 방송되는 케이의 무대를 선점할 수 있다는 것으로 아쉬움을 달랜 MVN 관계자들이었다.

긴장된 눈으로 화면을 뚫어지게 보고 있던 석진이 벌컥 열린 문소리 때문에 고개를 돌리며 짜증스러운 표정을 지었다.

"뭐야! 누가 생방 중에 PD 컨트롤박스를 들어와! 안 나가?"

문을 열고 들어온 것이 후배 PD였기에 윽박을 지르는 석진이었다.

평소 같으면 사과를 하고 바로 나갔을 후배 PD였지만 이번에는 달랐다.

얼마나 뛰어 왔는지 땀까지 흘린 그가 소리쳤다.

"선배! 시, 시청률! 시청률!"

석진이 방송 관계자에게는 가장 민감한 문제인 시청률이라는 단어를 듣고 반응했다.

"응? 시청률이 왜?"

후배가 핸드폰으로 사내망에 연결된 데이터를 액정에 띄워 내밀며 말했다.

"시…… 십이 퍼센트! 십이 퍼센트까지 올랐어요, 선배!"

석진이 놀라 자리에서 벌떡 일어났다.

"뭐…… 뭐? 뭐라고 했어, 지금!"

후배가 액정을 내밀다가 다시 자신의 눈으로 확인하고 다시 액정을 들었다.

"그, 그새 또 일 퍼센트 올랐어요! 십삼 퍼센트에요!"

시청률 수 두 자리 이상은 정규 방송사에서도 보기 어려운 시청률이었다.

한국에서는 일부 인기 많은 예능 방송이나, 드라마에서나 가질 수 있는 시청률이라 믿지 못한 석진이 후배의 핸드폰을 빼앗아 보고는 홀린 표정으로 말했다.

"이…… 이게 진짜라고?"

"지금 위에서 난리 났어요! 사전에 광고도 안 했는데 이게 가능한 일이에요? 생방송 시작한 지 겨우 13분이 지났는데, 케이가 출연한 것이 소문이 나서 사람들이 TV 앞에 앉는 건 불가능한 일이잖아요!"

"그, 그러니까…… 이게 어떻게 된 거지? 여…… 영석아. 어떻게 된 거야?"

팔짱을 끼고 핸드폰을 보고 있던 영석이 씩 웃으며 자신의 핸드폰을 석진에게 던졌다.

핸드폰을 떨어뜨릴 뻔했지만 겨우 받아낸 석진이 그의 액정 화면을 보았다.

"이게…… 이게 뭐야?"

화면 속에는 SNS가 떠 있었다.

석진을 본 영석이 피식 웃으며 말했다.

"린 이사 말이. 우리에게 판권뿐 아니라 시청률까지 선물한다고 했었어. 처음에는 사전 광고도 없이 무슨 시청률이 보장되겠냐 했지, 평균 시청률이 3%이니 방송 중반까지 5%까지만 확보하면 큰 성공이겠다 싶었는데. 인제 보니 그 여자. 치밀하게 준비를 했네."

석진이 눈을 크게 뜨고 SNS를 보았다.

"이거…… 팡타지오의 SNS 페이지야?"

"응, 건이가 등장한 직후 팡타지오의 페이지에 우리 방송에 생방송으로 출연 중이라는 알림이 나갔어."

"그, 그래? 아, 아무리 그래도 그게 이렇게까지 즉시 반영이 될 일이야?"

영석이 어이없는 표정으로 석진을 보았다.

"야, 너 팡타지오 SNS 페이지 가입자가 몇 명인지 몰라?"

"며…… 몇 명인데?"

"예전에 기억 안 나? 레오파드의 투어 콘서트 말이야. 게릴라 투어라 SNS 페이지를 통해 진행했었잖아, 팡타지오는 그때부터 꾸준히 SNS에 케이의 소식을 올려 가입자를 늘렸어. 현재 팡타지오 페이지 가입자는 23억 명이 넘는단 말이야."

"헉! 지, 진짜? 23억 명이라고?"

"그래, 23억 명한테 알림이 가는 것이 팡타지오의 SNS 페이지 파워야."

"그…… 그런……."

영석의 말에 놀란 것은 석진뿐 아니라 소식을 알려온 후배 PD도 마찬가지였다.

입을 떡 벌린 그가 영석이 미뤄 둔 자신의 핸드폰을 본 후 바닥에 주저앉았다.

"서, 선배…… 이십 퍼센트 넘었어요…… 시청률."

"허억……."

놀라는 두 사람의 사정을 모르는 지현이 무전으로 외쳤다.

"치익, PD님 뭐 하세요! 큐 사인 내주셔야죠!"

석진이 다리에 힘이 풀렸는지 반쯤 기어가 컨트롤박스의 무전기 버튼을 눌렀다.

"큐…… 큐!"

암전된 무대에 유일하게 불빛이 들어온 두 개의 아치형 문. 커튼으로 가려진 문 뒤에 포즈를 잡고 있던 인영 중 한 명이 부드럽게 커튼을 열고 밖으로 나왔다.

채은과 이야기를 나누던 건과 같이 검은 라이더 재킷을 입고 속에 탱크 탑과 아디다스 스키니 트레이닝복 하의를 입은 윤정이 붉은 천으로 눈을 가리고 한 손에 마이크를 들고 있었다.

티저에서 본 붉은 천이 눈을 가리고 있는 것을 본 관객들이 탄성을 질렀다.

"와! 진짜 라이브에서 저렇게 눈을 가리고 춤을 추려는 거야?"

"안 다칠까? 혹시 넘어지면 어떡해?"

"야, 한국에서 아이돌 하던 애들이야. 밥 먹고 춤만 추던 애들인데 그럴 리가 있어? 지켜보자고!"

바로 춤을 출 것이란 관객들의 생각과 달리 묵직한 베이스와 피아노 소리와 함께 윤정의 중저음 허스키 보이스가 무대를 울렸다.

무언가를 잃었는데.
그것이 무엇인지 기억나질 않아.
잿빛이 된 세상에 불어오는.
차가운 바람이 숨결로 변해.
더욱 차가운 기운을 내뿜어.

아이돌 시절에는 보이지 않았던 윤정의 허스키한 목소리가 무대를 울리자 사람들이 놀랐다.

윤정이 소속된 그룹의 음악은 걸 크러쉬를 모토로 걸스 힙합 음악을 하던 걸 그룹이었기에 윤정의 목소리를 제대로 들어본 적이 없었기 때문이었다.

윤정이 낮은 목소리로 노래를 끝내자, 옆의 문에서 진연이 나왔다. 그녀는 윤정과 쌍둥이같이 똑같은 모습이었고, 그녀 역시 붉은 천으로 눈을 가린 상태로 마이크를 들었다.

따뜻한 바람이 불어오자.
무언가를 얻은 것 같은데.
그것이 무엇인지 모르겠어.
회색 빛이 된 세상에 불어오는.
따뜻한 바람이 목소리로 변해.
세상을 향해 외쳤어.

진연의 목소리는 윤정과 완전히 달랐다. 맑고 고운 미성이 울려 퍼지자, 사람들이 놀라며 소리쳤다.

"아니, 저 애들이 원래 노래를 이렇게 하는 애들이었어? 한국에서 활동할 때는 왜 안 했대?"

"노래 잘하는 애들보다는 춤 잘 추고 퍼포먼스 좋은 애들이 인기가 많으니까 한국 회사에서 못 하게 했겠지."

"아니, 케이한테 간 지 몇 개월 되었다고 이렇게 달라져, 말이 돼? 난 쟤들 그룹 노래 많이 들었단 말이야, 이런 목소리를 가졌을 거라고는 생각도 못 했다고!"

"그러니까 케이가 대단한 거야, 그 짧은 시간 만에 쟤들을 저렇게 바꾸다니 진짜 대박이다."

진연의 노래가 끝나자 음악이 멈추며 겨우 그녀들의 모습만 비추고 있던 조명이 꺼졌다.

무대 전체의 조명이 암전되고 몇 초 후 모든 조명이 켜지며, 사이키 조명이 들어왔다.

동시에 폭발적인 셔플리듬이 터져 나오며, 어느새 무대 중앙으로 이동한 두 사람이 같은 동작으로 춤을 추기 시작했다.

눈을 가렸다고는 생각하지 못할 만큼 격렬한 안무가 지속되다가 서로 다른 듯 멀리서 함께 보면 같기도 한 춤으로 변해가자, 관객들이 손을 번쩍 들며 열광했다.

악보로 따지면 약 열여섯 마디가 지났을 뿐이지만 중독성 강한 훅이 연속해서 나오고, 윤정 진연의 멋진 춤이 곁들여지자, 사람들은 자기도 모르게 그녀들의 안무 중 손동작을 따라 하기 시작했다.

격렬한 하체 스텝과는 달리 손동작이 무척 쉽고 따라 하기 좋았기에 사람들은 금세 손을 머리 위로 올려 그녀들을 따라 하기 시작했다.

그녀들의 격렬한 춤이 끝도 없이 이어질 것 같다가 음악이 고조되며 두 사람의 동작이 점점 빨라졌다.

끝없이 음을 올리는 음악의 BPM이 사람들의 심장이 터지기 직전까지 올라갔다가 한순간에 멈춰 버리자, 무대에서 눈을 가리고 춤을 추던 두 사람의 몸도 멈췄다.

순식간에 적막감이 감도는 무대 뒤에서 건의 모습이 보이자, 사람들의 시선이 모였지만 무대를 휩싸고 있는 적막감에 눌린 관객들은 숨소리도 내지 못하고 걸어오는 건을 보고 있었다.

건은 멈춰 있는 윤정과 진연의 뒤에 선 뒤 그녀들의 눈을 가린 붉은 천이 이어진 끈을 잡아당겨 벗겨냈다.

마치 인형처럼 멈춰 버린 두 사람이 눈도 깜빡이지 않고 초점 잃은 눈을 뜨며 기다리자, 건이 한 손을 들어 올렸다가 힘차게 아래로 내렸다.

그와 동시에 다시 폭발적인 음악이 재생되고, 윤정과 진연이 다시 똑같은 동작으로 춤을 추기 시작했다.

몇백 명의 관객들이 동시에 손을 올리고 같은 손동작을 반복하는 윤정과 진연을 따라 하자 관객석이 물결치듯 움직였다.

카메라 감독들이 식은땀을 흘리며 관객석에서 즐거워하며 안무를 따라 하는 관객들을 촬영하다가 건이 마이크를 잡자 즉시 무대로 화면을 돌렸다.

평소 건의 목소리와 달리 맑은 고음으로 노래하는 건은 마치 90년대 댄스 가수들의 기교 없는 목소리와 비슷한 창법으로 노래를 불렀다.

제법 많은 것을 바람에게 배웠다.
우리에게 한결 같이 소중한 것들.
한여름의 시원한 바람.
봄의 따스한 바람.
바람 속에 가만히 누워.
저 높은 곳으로 날아가는 꿈을 꾼다.
안타깝게 곁을 떠나가는.
소중한 무엇인가도 살랑이는.
혹은 몰아치는 바람에 흩어져 간다.

아름다운 가사와 함께 울려 퍼지는 건의 목소리.
윤정과 진연의 파워풀한 댄스가 어우러지며 무대를 수놓은 사이키 조명의 깜빡임 속도가 점점 빨라졌고, 미리 설치된 색종이 화약이 터지며 무대는 마치 시상식의 마지막 무대 같은 모습으로 변했다.
흥분한 관객들이 하나둘씩 자리에서 일어나 춤을 추자, 너도나도 일어나 무대를 즐기는 관객들이었다.
음악 순위 프로그램이 아닌, 진짜 음악을 즐기는 관객들이 초대된 것이었기에 가능한 일이기도 했고, 바람의 노래가 가진 중독성이 그만큼 뛰어나기도 했기 때문이었다.

다시 윤정이 마이크를 잡았을 때 진연 역시 동시에 마이크를 잡았다.

윤정의 허스키한 중저음과 진연의 맑은 고음이 화음을 이루며 터져 나왔다.

바람이 멈추기 전까지 알지 못할.

내 소중한 것들의 상실은.

바람이 멈춘 후 지독한 상실감으로 돌아오지만.

바람결에 실려온 예쁜 생명의 꽃씨들처럼.

내 마음 속 또 다른 새싹이 태어난다.

그녀들의 아름다운 목소리와 격렬한 춤을 배경 삼아 춤을 추는 관객들은 어느새 땀까지 흘려가며 관객석 위에 올라가거나 서로의 손을 잡고 자리에서 뛰고 있었다.

춤을 추지 않고 무대 뒤에 물러나 있던 건이 계단을 뛰어 올라가며 초고음을 내질렀다.

바람과 파도는.

항상 유능한 항해자의 편에 선다.

바람이 불지 않을 때 바람개비를 돌리는 법은.

오직 앞으로 달려 나아가는 것뿐.

건의 엄청난 고음이 울리자 스튜디오가 무너질 듯 엄청난 관객의 함성이 터져 나왔다.

무대 뒤 계단 맨 위까지 뛰어 올라간 건이 난간을 잡고 머리를 하늘 위로 쳐든 후 포효하듯 소리쳤다.

나는 안다.

상실한 우리가 인연이라면.

이 바람에 날려오는 꽃씨처럼.

다시 내게 돌아올 것임을.

건의 포효 이후에도 열여섯 마디의 후반부 음악이 나왔고, 진연과 윤정의 격렬한 안무가 터져 나왔다.

후반부까지 따라 하기 쉬운 춤을 추었다면, 마지막 열여섯 마디에는 브레이크 댄스가 나왔다.

여성의 힘으로는 어렵다는 윈드밀 동작을 하는 윤정의 뒤로 같은 동작을 하는 진연이 따라붙자 관객석에서 보기에 마치 다리가 네 개 달린 사람이 윈드밀을 하는 것처럼 보였다.

끊임없이 자리에서 물구나무를 선 채 돌 던 그녀들은 음악이 멈추는 폭탄 소리와 함께 거꾸로 선 채 비보이처럼 멈췄다.

무대 위에 물구나무서기를 한 채 멈춘 두 여인, 계단 위에서 아직 포효의 여운을 느끼며 그립고 사랑하는 사람에게 보내는 외침을 토해낸 건이 모두 멈추자, 무대가 암전되었다.

관객석은 그야말로 난리가 난 상태였다.

모두가 자리에서 일어나 좌석에서 이탈한 상황이었기에 암전된 깜깜한 무대에서 서로의 자리를 찾아 들어가기 위한 웅성거림이 커진 상태였다.

모두가 짧은 시간 안에 땀이 날 만큼 몸을 흔들었던 만큼 스트레스도 풀린 사람들이 웃으며 자리를 찾았다.

"와, 진짜 죽인다. 자기야, 나 이 앨범 언제 사줄 거야? 맨날 듣고 싶단 말이야."

"조금만 기다려. 나 원래 자기 거만 사주려고 했는데, 안 되겠어, 내 것도 사야지."

"뮤직비디오 보고 싶어! 보고 싶다고!"

"알았어, 알았어. 내가 무슨 일이 있어도 이번 주 내로 사 올게! 오빠 믿어!"

웅성거리며 자리를 찾던 사람들이 무대에 불이 돌아오자 밝아진 관객석에서 빠르게 자리를 찾아 앉았다.

불이 밝혀진 무대 위에는 건도 채은도 없었다.

아무 진행도 하지 않고 비어 있는 무대를 본 관객들이 당황할 때쯤 무대 맨 뒤의 바닥이 서서히 올라오며 거대한 야마하 드럼 세트가 올라왔다.

오렌지색 12기통의 거대한 드럼이 모습을 드러내고, 그 위에 고개를 숙이고 있던 검은 그림자가 고개를 들자 누구인지 확인하려 관객들이 고개를 빼고 보았다.

익숙하지 않은 얼굴이었지만 기사를 통해 본 기억이 난 한 남자가 소리쳤다.

"아더 호지슨이야! 더 레이크의 CTO, 케이의 드러머다!"

그의 이야기를 들은 관객들이 웅성거렸다.

"뭐야, 저 사람도 왔어? 설마 불의 노래를 한다고 말한 것이 라이브를 한다는 거였어?"

"설마, 듣기로는 그 노래에 시즈카 미야키랑 케빈 윈스턴도 함께한다던데. 아더만 왔겠지."

"그렇겠지, 에이, 괜히 기대…… 헉! 저, 저기!"

한 관객이 드럼 세트에 앉아 있는 아더를 가리키자 관객들이 일제히 고개를 돌렸다.

"헉! 케, 케빈 윈스턴이야! 진짜 왔어!"

"꺄아아악! 진짜 라이브야? 시, 시즈카는? 시즈카 미야키도 온 거야?"

"으아아악! 시즈카 누나! 빨리 나와주세요. 제발! 왔다고 말해! 시즈카도 왔다고 말하라고!"

아더의 뒤에서 미소를 지으며 나타난 케빈은 푸른색 베이스 기타를 어깨에 메고 무대 중앙으로 나왔다.

관객석을 보고 씩 웃은 케빈이 베이스의 현 위에 손을 올리고 가만히 눈을 감았다.

웅성거리던 관객들이 말을 멈추고 조용히 그를 보자, 묵직한 베이스 솔로가 무대를 휘감았다.

케빈의 베이스 연주는 베이스 기타 하나로는 관객에게 감동을 줄 수 없다는 정설을 무시하는 듯 서정적이고 아름다운 연주로 뻗어나갔다.

단지 손을 풀려는 의도였는지, 공연의 한 부분이었는지 모를 케빈의 연주가 계속되고, 그의 바로 옆 바닥이 열리며 무언가가 조금씩 모습을 드러내었다.

바닥에서 솟아오르고 있는 것에 시선을 집중하던 관객들이 완전히 드러난 물체를 보며 말했다.

"그…… 그랜드 피아노?"

한 여성 관객이 벌떡 일어나며 말했다.

"나 저 피아노 본 적 있어! 옆에 시즈카라고 금박 시그니처가 되어 있잖아! 시즈카 미야와키의 그랜드 피아노야! 뮤직비디오에서도 봤어!"

"지, 진짜 온 거야?"

시즈카는 케빈과 다르게 꾸준히 활동을 해왔기에 건을 제외한 나머지 멤버들에 비해 큰 인기를 얻고 있었다.

뛰어난 연주 실력과 청순한 외모, 귀여운 말투와 성격 덕에 그녀를 따르는 팬들은 점점 늘어가고 있는 추세였다.

빈 그랜드 피아노에 기대어 눈을 감고 베이스 연주를 하던 케빈의 연주 위에 아더의 작은 드럼 연주가 합류했다.

최대한 소리를 죽여 연주하는 아더의 연주는 누구보다 정확한 박자로 연주되었고, 그의 박자에 올려진 케빈의 베이스 연주에 빠져든 관객들이 멍한 표정으로 그를 보았다.

케빈 역시 꽤나 미남이었기에 여성 팬들이 많은 편이었다. 그가 항상 건의 옆에 있었기에 인기는 빛이 바랬지만, 건이 없는 곳에서는 케빈 역시 모델 뺨치는 비율을 가진 스타였다.

단발보다 살짝 긴 금발 머리에 가르마를 타고 고개를 살짝 숙인 케빈이 푸른 정장 차림으로 그보다 더 푸른 베이스 기타를 연주하고 있는 모습은 그 자체로 그림이었다.

약 2분간 이어진 그의 연주의 끝이 다가오자, 무대 한켠에서 하얀 바탕에 붉은 꽃이 그려진 원피스를 입은 시즈카가 걸어 나왔다.

그녀의 모습이 보이자마자 스튜디오는 열광적인 함성으로 가득해졌다.

"으아아아! 진짜다! 진짜 그녀가 왔어!"

"나의 천사! 사랑해요, 시즈카!"

이보다 더 많은 관객 앞에서도 연주해 보았지만, 항상 관객들의 환호는 그녀를 부끄럽게 만들었는지, 살짝 얼굴을 붉힌 시즈카가 고운 미소를 지으며 손을 흔든 후 그랜드 피아노 앞에 앉았다.

눈을 감고 숨을 고른 그녀가 여전히 계속되고 있는 케빈과 아더의 연주 위에 묵직한 그랜드 피아노의 음을 올렸다.

아주 느리게 연주되는 아름다운 곡에 홀린 사람들이 그들이 연주하고 있는 곡이 무엇인지 몰라 고개를 갸웃거릴 때 누군가 중얼거렸다.

"이거…… Fury 아니야?"

주위에 있던 남자가 손뼉을 치며 외쳤다.

"맞네, Fury! 느리게 연주되고 있어서 전혀 눈치 못 챘어, 그런데 이 곡이 느리게 연주하면 이렇게 아름다운 곡이 되는구나."

사람들이 셋의 합주에 빠져들 무렵, 홀린 듯 무대를 바라보던 한 여성 관객이 관객석 문 옆자리에 앉아 무대를 보고 있다가, 자신의 옆문이 열리는 것을 느끼고 집중력이 깨진 듯 인상을 썼다.

"누가 예의 없게 공연 중에 돌아다니고 그래? 음악 듣고 있는데 매너 없게 정말."

누군지 얼굴이나 보려는 듯 고개를 내민 그녀가 문 앞에 서 있는 남자를 보고 경악했다.

"헉!"

그녀가 소리를 지르려고 하자 기타를 맨 남자가 검지를 입에 올리고 윙크를 했다.

정신없이 고개를 끄덕인 그녀가 남자의 옆 모습에서 눈을 떼지 못할 때 무대 위에서 연주하던 세 사람이 동시에 연주를 멈췄다.

베이스 현을 눌러 음의 여운을 느끼던 케빈이 눈을 뜨고 아더와 시즈카를 본 후 베이스 기타를 고쳐 매고 몸을 공중으로 띄우자, 시즈카가 양손을 높이 들었고, 아더가 스틱을 쥔 손을 하늘로 뻗었다.

케빈이 바닥에 착지함과 동시에 아더와 시즈카의 손이 세차게 자신들의 악기를 내려치며, 폭발적인 사운드가 터져 나왔다.

사이케델릭하면서도, 그루브 메탈 같은 묵직한 곡은 엄청나게 빠른 곡이었다.

케빈은 착지하자마자 몸을 최대한 낮추고 다리를 벌린 채 연주를 했고, 시즈카는 고개를 숙이고 손이 보이지 않을 만큼 빠르게 건반을 내려쳤다.

아더는 고개를 푹 숙이고 드럼을 치고 있었는데, 드럼 소리 가 연결된 것 같이 느껴질 만큼 빠른 연주에 더블 베이스까지 합쳐져 사람들의 심장박동을 끌어올렸다.

보통 록 음악에서 멜로디를 이끌어 나가는 기타 대신 시즈 카의 피아노 소리가 멜로디를 이끌었다.

관객들이 하나씩 모습을 드러내 연주를 하고 있는 밴드 멤 버들 속에서 건의 모습을 찾기 시작할 때쯤 무대를 비추고 있 던 조명들이 일제히 관객석을 비췄다.

갑자기 자신들을 비추는 조명에 놀란 관객들이 손을 들어 눈을 가리자, 관객석 중앙 입구 주위에 있던 관객들이 소리를 질렀다.

"꺄아아악! 케이다!"

"헉! 바로 옆에서 나왔어!"

관객석 한가운데에서 걸어 나온 건이 자신의 트레이드 마크 인 화이트 팔콘을 매고 한 관객이 앉아 있는 좌석 등받이에 한 발을 올리고 연주를 시작했다.

건의 뒤쪽에 있는 관객들은 그의 뒷모습만 보였지만 이렇게 가까이서 그를 볼 수 있다는 것에 열광하며 양손을 들어 올렸 다.

관객들이 엉덩이를 들썩대며 건을 만지려 하자, 재빨리 무대로 뛰어 올라간 건이 무대 중앙에 설치된 마이크 스탠드 앞에 섰다.

드디어 그들의 리더를 만난 밴드 멤버들이 눈짓하며 밸런스를 맞추자 그들과 사인을 맞춘 건이 마이크에 입을 대었다.

뒤로 갈 생각이 아니거든.

절대 뒤돌아보지 마라.

일찍 너의 책을 덮지 마라.

삶의 다음 페이지에.

또 다른 멋진 너를 발견할 테니.

건의 목소리는 바람의 노래를 부를 때와 전혀 딴판이었다. 허스키하고 힘 있는 목소리로 내뱉은 가사는 사람들의 귀에 도달하며 큰 공명을 일으켰고, 빠르고 신나는 음악이었음에도 사람들은 바람의 노래 때와 다르게 가만히 자리에 앉아 음악에 귀를 기울였다.

빠른 음악이라 심장박동이 빨라지고, 금방이라도 몸을 들썩거리려는 사람들이었지만, 이상하게 건의 목소리를 들은 사람들은 자신이 살아가고 있는 현재를 되돌아보게 되었다.

'나는 과연 열심히 살아가고 있는가? 나는 지금 최선을 다하

고 있는가? 나는 쉽게 무언가를 포기하지 않았는가?'

끊임없이 자신에게 질문을 하게 되는 관객들은 쉽게 일어나 음악에 호응할 수 없었다.

관객들이 어떤 생각을 하는지 아랑곳하지 않은 건이 몸을 낮추어 기타 연주를 한 후 다시 마이크로 몸을 숙였다.

세상 그 무엇도 직선으로 움직이지 않아.

어떤 목표도 좌절과 방해를 겪지 않고.

이루어지는 법은 없어.

패배를 해보아야 이기는 방법을 알게 되는 거야.

앞의 첫 소절과 같이 허스키한 목소리로 다음 소절을 부른 건이 마이크에 바짝 다가가며 목에 핏대를 세웠다.

이미 그의 자세가 변한 것을 보고 클라이맥스가 다가왔음을 눈치챈 관객들이 각자의 자리에서 등을 떼고 몸을 앞으로 숙였다가, 건의 목소리를 듣고 경악한 표정을 지었다.

"무…… 무슨 사람 목소리가 이런!"

"시…… 신의 목소리가 이럴까? 아니…… 악마나 천사의 목소리가 이런 목소리일까?"

건의 목소리는 초고음이면서도 허스키했다. 마치 피를 토해내며 나의 말을 들으라는 듯 외치는 건의 목소리가 마이크를 타고 스피커를 찢어발길 듯 터져 나왔다.

　가장 열광적인 꿈을 꿔라.
　가장 열광적인 삶을 살기 위해.
　절대 고개를 떨구지 마라.
　고개를 쳐들고 세상을 똑바로 바라보라.
　나이를 먹는다는 것은.
　몸이 늙는 것이 아니라 마음이 늙는 것이니까.

　포효하던 건이 하늘을 보며 마지막 말을 내뱉은 후 아더의 곁으로 뛰어 올라가자, 케빈 역시 아더의 드럼 앞쪽으로 뛰어 올라갔다.
　그루브한 케빈의 베이스, 아더의 정확하고도 화려한 연주, 건의 아름다운 화이트 팔콘이 끊임없이 토해내는 기타 음이 사람들의 눈동자에 새겨졌고, 건이 기타에서 손을 떼고 숨을 몰아쉬었다.
　베이스, 드럼, 피아노 연주만으로 끌어가던 음을 들으며 박자를 센 건의 하얗고 긴 손가락이 화이트 팔콘의 8번 플랫 위에 얹어지고, 그의 손이 움직였을 때 관객석이 시끄러워졌다.
　"뭐, 뭐야! 손이 아홉 개로 보인다!"
　놀라워하는 관객들의 눈동자 속에 왼손과 네 개, 오른손이 다섯 개로 보일 만큼 엄청난 속도로 기타 솔로를 연주하는 건이 아로새겨졌다.

놀란 관객들이 각자 핸드폰을 들고 건의 모습을 촬영했지만, 핸드폰의 카메라 화소로는 그저 흐릿하게 잔상이 남겨지는 손만 촬영될 뿐이었다.

PD 컨트롤박스에서 화면을 보고 있던 석진이 벌떡 일어나며 무전기에 소리쳤다.

"메인 카메라 감독님! 지금 이거 제대로 담아내고 계십니까?"

카메라 앵글의 모니터 화면을 주시하고 있던 광호가 무전기를 들고 말했다.

"저 속도를 쫓아갈 수 있는 카메라는 메인 카메라 한 대입니다. ENG로는 불가능해요!"

광호의 말에 손에 든 무전기를 꽉 쥔 석진이 외쳤다.

"좋습니다, 한 대라도 제대로 담아낼 수 있다면 된 겁니다. 화면! 메인 카메라에 고정해 둬! ENG 감독님들 다 물러나시고, 메인 카메라 감독님은 무대 전체가 아니라, 케이만 클로즈업하세요!"

화면이 건의 모습, 정확히 그의 가슴 아래 기타를 클로즈업했다.

"아니! 케이의 전체 모습을 잡아요!"

화면이 조금 뒤로 물러나며 눈을 감고 몸을 낮춘 건의 풀샷을 잡자, 석진이 화면에서 눈을 떼지 못했다.

삼십여 초가 넘는 시간 동안 진행된 건의 솔로 연주를 끝까지 지켜본 석진이 엔지니어에게 외쳤다.

"됐어! 무대 풀샷으로 전환해!"

화면이 무대 전체를 비추는 것을 본 석진이 자리에 털썩 주저앉았다.

"제길, 일 초도 긴장을 못 놓겠네. 아니, 리허설할 때는 저런 거 안 했잖아, 음악 재생 시간도 더 늘어났어."

옆에 서 있던 영석도 놀라기는 마찬가지였지만, 그나마 건의 놀라운 행사에 익숙해져 있었기에 석진보다는 나은 얼굴로 말했다.

"그래, 분명 즉흥적인 연주가 끼어든 거야."

"뭐? 리허설도 안 하고 말이야? 혼자 독주하는 것도 아니고 밴드와 함께 연주하는데 갑자기 협의되지 않은 독주가 끼어들어 연주 전체의 시간이 바뀌는데 저토록 완벽한 합주가 나오는 것이 말이 돼?"

"말이 된다, 석진아. 케이와 함께 있는 이들이 누구인지 봐."

석진이 화면 속에 있는 밴드 멤버들을 차례로 훑어본 후 나직한 한숨을 쉬었다.

"제길…… 뭐라고 반박을 못 하겠네. 작년에 나타나 세계 최고의 뉴에이지 피아니스트라는 칭호를 받고 있는 시즈카 미야와키에, 몬타나의 베이시스트로 카를로스 몬타나와 연주를 겨루며 한 치의 물러남도 없었다는 찬사를 받는 케빈 윈스턴이라니. 아더 호지슨의 인지도는 두 사람에 비해 손색이 있지만, 그 역시 보통내기가 아니야."

영석이 어깨를 으쓱한 후 핸드폰을 보여주었다.

석진이 화면으로 눈을 돌리자, SNS에 유명 밴드의 드러머들이 실시간으로 방송을 보며 놀라워하는 반응들이 올라오고 있었다.

영어로 되어 있었기에 자세히 화면을 보던 석진이 더듬거리며 내용을 읽어나갔다.

"오 세상에! 케이와 함께하는 저 드러머가 시계 회사 CTO라는 것이 정말인가? 그렇다면 난 스틱을 던지고 은퇴해야겠군, 저토록 정교하고 정확한 박자라니! 이게 누가 올린 건데?"

영석이 실소를 지으며 화면 상단에 쓰인 이름을 가리키자 석진이 이름을 읽어본 후 눈을 치켜떴다.

"라스 울리히? 메탈리카?"

영석이 어이없다는 웃음을 지으며 화면을 전환한 후 말했다.

"그뿐 아니야, 일본 X의 요시키와 드림 시어터의 마이크 맨지니, 메가 데스의 데이브 롬바르도까지 극찬하고 나섰어. 알지?

미국 4대 스래쉬 메탈 밴드 중 메탈리카의 라스 울리히의 존재감은 그리 크지 않아. 차라리 메가 데스의 데이브 롬바르도의 영향력이 더 크지. 그가 극찬했다면 저 아더라는 드러머는 진짜라는 거야. 어찌 보면 이번 공연에서 가장 주목을 받게 될 것은 케이 다음으로 저 아더라는 드러머일 확률이 높겠지."

석진이 홀린 듯한 표정으로 입을 떡 벌렸다.

"메가 데스라니……."

석진과 영석이 PD 컨트롤박스에서 놀라고 있을 때, 관객석에 앉아 있던 관객들 역시 놀라움을 금치 못하고 있었다.

다만, 그들은 전문적인 음악가가 아니었기에 아더의 드럼 연주보다는 건의 화려한 솔로 연주에 대한 탄성을 내뱉고 있는 것이 다른 점이었다.

"대박! 손이 아홉 개로 보였어! 나만 보인 거 아니지, 이거!"

"나도 봤어! 아 근데 핸드폰 카메라로는 잘 안 나와. 이거 재방송해 주겠지?"

"아니, 이 프로그램은 재방송 잘 안 해줘. 가끔 케이블에서 해주는 걸 보긴 했는데 정말 가뭄에 콩 나듯 가끔만 해주더라고."

"아, 어쩌지. 나 방금 그거 다시 한번 보고 싶은데!"

"유튜브에 올라오겠지, 기다려 봐."

"야, 팡타지오에서 공식 발표한 것 못 봤어? 그런 거 허락 안 맡고 올리면 바로 고소야, 거긴."

"으이익, 디즈니보다 콘텐츠 이용료에 더 민감한 팡타지오니까 그러기도 하겠다."

"아아, 그럼 방금 저 장면 다시 못 보는 거야? 짜증 나!"

관객들의 안타까운 탄성이 들리지 않는지 솔로 연주가 끝난 건이 멤버들과 눈을 맞추며 협의되지 않은 솔로의 끝맺음과 다음으로의 연결에 대한 눈짓을 주고받았다.

약 이 초도 안 되는 시간 동안 주고받은 눈빛이었지만 그것만으로도 멤버들은 누구도 연주가 어긋났음을 눈치채지 못할 만큼 정교한 연주를 계속해 주었다.

멤버들 덕에 집중력을 잃지 않은 건이 마이크 스탠드에 다가가 허스키한 목소리로 노래했다.

그림자를 두려워하지 마.

그림자는 빛이 없으면 존재하지 않아.

그림자가 드리워지게 하는.

찬란한 빛을 찾아 움직여.

너의 미래는 언제나 불확실하지만.

그 미래를 결정하는 건 너야.

여전히 몸이 들썩거리고 금방 이상을 잃고 날뛸 것 같지만, 가사에 귀를 기울이며 자신들의 삶과 미래에 대한 지표를 찾아 헤매던 관객들이 기타가 부서져라 스트로크를 하며 목청껏 노래하는 건의 목소리에 귀를 기울였다.

현재의 너는.
네가 반복적으로 하는 행동의 결과야.
이대로 사라지고 싶다면.
지금 하는 것처럼 해.
뜨거운 열정보다 중요한 것은.
지속적인 열정이야.
가장 열광적인 꿈을 꿔라.
가장 열광적인 삶을 살기 위해.
절대 고개를 떨구지 마라.
고개를 쳐들고 세상을 똑바로 바라보라.
나이를 먹는다는 것은.
몸이 늙는 것이 아니라 마음이 늙는 것이니까.

건의 가사를 들은 사람 중 젊은 층이 아닌 중년층의 반응은 사뭇 진지했다.

단지 음악이 주는 감동과 엄청난 리듬감, 폭발적인 사운드에 감동하고 있는 젊은 층에 비해 자신의 인생과 현재의 나태한 모습들에 대해 반성을 하게 된 중년층 관객들이 각자 생각에 잠겼고, 끊임없이 이어질 듯 사운드를 토해내고 있던 스피커가 멈추었을 때 역시 젊은 층이 기립 박수를 보내며 환호를 했지만, 중년층의 반응은 조금 달랐다.

　아련한 눈빛으로 건을 바라보고 있던 중년층은 작게 박수를 치며 고개를 끄덕이는 모습이었다.

　무대 위에서 연주를 마친 멤버들과 하이파이브를 하며 웃은 건이 무대 위로 올라오는 채은을 보고 그녀에게 다가갔다.

　무대를 벗어나려는 밴드 멤버들을 본 채은이 황급히 말했다.

　"저기! 다른 멤버 분들과도 잠시 이야기를 나눌 수 없을까요? 시청자 여러분들께서 많이 궁금해하셔서요."

　한국어로 말한 내용을 알아들을 수 없어 무대를 벗어나던 일행이 건의 부름에 무대로 돌아오자, 지현이 재빨리 의자 몇 개를 무대로 더 올려보냈다.

　생방송이었기에 빠르게 무대가 정비되고 무대에 구비된 칵테일 의자에 나란히 앉은 네 사람을 미소 지으며 보던 채은이 마이크를 들었다.

"아…… 먼저 세계 최초로 가진 무대를 우리 방송에서 공개해 주신 것에 대해 깊은 감사를 드립니다."

채은의 말에 관객석에서 박수와 환호가 터져 나왔다.

웃으며 관객들에게 손을 흔들어준 건이 다시 자리에 앉자 채은이 물었다.

"먼저, 시즈카 양에게 질문을 좀 할게요. 케이가 통역을 좀 해주시겠어요?"

"네, 그러죠. 시즈카? 너에게 질문을 한대."

시즈카가 일본인답게 예의 바른 모습으로 채은의 질문을 기다리자, 그녀가 건이 무대를 가질 때 재빨리 다가와 큐 시트를 넘기고 간 최 작가를 힐끔 본 후 큐 시트를 넘겼다.

"에…… 시즈카양의 경우, 줄리어드의 학생이신데, 아직 재학 중이죠? 졸업은 언제인가요?"

"네, 졸업은 내년입니다."

"아, 케이보다 한 학년 아래군요?"

"네, 케이는 중간에 휴학을 해서 한 학년 차이지만 나이는 세 살이 어려요."

"그렇군요, 이렇게 실제로 보니 정말 예쁘시네요."

"호호, 고맙습니다. 채은 씨도 너무 예쁘세요."

얼핏 보면 두 여자가 서로 외모에 대해 칭찬해 주고 있는 것이었지만 실상 가운데서 통역을 하는 건이 시즈카의 말을 전

해주고 있었기에 관객들이 즐거운 웃음을 지었다.

그도 그럴 것이 외모에 대한 찬양을 통역하고 있던 건의 표정이 우스꽝스러웠기 때문이었다.

관객들이 웃음을 짓자 건이 어깨를 으쓱하며 말했다.

"저기 두 분 뭐 하세요?"

관객들이 다시 웃음을 터뜨리자 채은이 표정을 수습하며 건을 째려보았다.

"원래, 여자들끼리는 이렇게 서로 호감이 가는 대화를 먼저 하는 거거든요?"

건이 웃긴다는 표정을 지으며 멤버들에게 영어로 채은의 말을 통역해 주자 케빈과 아더가 웃음을 터뜨렸고, 시즈카는 얼굴이 붉어졌다.

그 모습을 본 관객들이 다시 웃음을 터트리자 건이 말했다.

"하하, 그래요. 본론은 언제 들어가나요?"

채은이 큐 시트를 넘겨 보며 말했다.

"에…… 네. 그럼 케빈에게 질문할게요."

건이 어이없다는 표정으로 채은의 질문지를 빼앗았다.

"아니, 줘봐요. 시즈카한테 할 질문이 외모 찬양뿐이었어요? 채은 씨 외모 찬양은 대본에도 없는데 왜 했어요?"

건이 관객들에게 큐 시트를 보여주며 흔들자 채은이 일어나 큐 시트를 빼앗으려 발뒤꿈치를 들었다.

키가 한참 큰 건이 머리 높이 큐 시트를 들자 키가 작은 채은이 깡총깡총 뛰며 소리쳤다.

"이익! 내놔! 내 외모 찬양은 시즈카 양이 한 거지, 내가 한 거 아니잖아!"

한참 채은을 내려다보며 웃던 건이 관객석이 웃음바다가 된 후에야 큐 시트를 돌려주자, 씩씩거린 채은이 얼른 자리에 앉으며 표정을 수습했다.

건과 무척 친해 보이는 채은의 모습은 친분을 과시하기 위한 전화 통화를 하는 것에 수백 배는 더 효과가 있었다.

표정을 수습한 채은이었지만 무척 당황했는지 큐 시트를 마구 넘기는 그녀의 손이 떨렸다.

건이 그녀의 손을 가리키며 어깨를 으쓱하자 다시 한번 관객들이 웃음을 터트렸다. 머리를 귀 뒤로 넘기며 건을 한번 째려본 채은이 말했다.

"이익! 통역이나 잘 해주세요! 아더 호지슨 씨께 여쭤볼게요. 당신은 자신의 시계 브랜드를 가진 CTO입니다. 연일 공개하는 신상품마다 무서운 호응을 얻고 항상 전량 매진을 기록하고 계신데요, 혹시 시계를 좀 더 생산할 생각은 없으신가요?"

아더가 건의 통역을 들은 후 마이크를 넘겨받았다.

"양산형 시계를 만들 생각은 아직 없습니다. 제 브랜드는 수제 시계 메이커라 대량 생산을 하기 어렵기 때문입니다."

"그렇지만, 시청자 여러분도 그렇고 저 역시 당신의 시계를 무척 갖고 싶습니다. 경제적인 여유가 있는 사람도 물량이 충분치 않아 구입이 어려운 상황인데요, 한정 수량이라 해도 좀 더 많은 시계를 생산해 주시면 안 될까요? 저도 무척 갖고 싶거든요."

건의 통역을 들은 아더가 씩 웃으며 말했다.

일부러 통역을 늦게 하려는 듯 건이 채은을 보며 싱글싱글 웃다가 아더가 등 뒤에서 상자 하나를 꺼내 채은에게 내미는 것과 동시에 통역을 전달했다.

"생각해 보겠습니다. 그리고 이것은 케이의 한국 친구인 채은 씨에게 드리는 선물입니다."

아더의 선물이란 것이 무엇인지 뻔했기에 관객석에서 부러움의 함성이 터져 나왔다.

"꺄아악! 우리도 주세요! 우리도요!"

상기된 표정으로 상자를 열어 본 채은의 얼굴에 함박웃음이 걸렸다.

채은이 상자에서 아름다운 검은색 시계를 꺼냈다.

현재까지 공개된 버전이 아닌 것을 확인한 관객들이 웅성거리자, 아더가 설명하고 건이 통역했다.

"이번 모델은 블랙 실버 팔콘과의 콜라보레이션 모델로 다음 달에 공개될 모델입니다. 채은 씨는 이 시계를 받는 세 번째 여성이십니다."

아직 공개되지도 않은 신상품을 선물 받은 채은의 얼굴에 밝은 미소가 어렸다.

"세 번째요? 시즈카 양이라면 미리 받으셨을 것이고, 나머지 한 분은 누구신가요?"

"키스카 미오치치 양입니다."

키스카의 이름이 나오자 관객석에서 환호가 터져 나왔다.

잠시 관객의 반응을 살핀 채은이 잠시 시간을 두고 말했다.

"키스카 양이 언급되어 드리는 질문입니다만, 이번 한국 방문 시 키스카 양은 오지 않았나요? 귀여운 아이라 무척 보고 싶었는데 말이에요."

키스카에 대한 질문에는 건이 한국어로 답했다.

"네, 키스카는 연주를 하는 역할이 아니라 참가하지 않고, 미국에 있습니다. 그리고, 더 이상 꼬마가 아니에요, 키가 170㎝를 넘겼거든요."

관객들이 경악한 만큼 채은도 놀랐다.

"세상에! 170㎝라고요? 마지막에 공개된 파파라치 사진에는 아직 어린 꼬마의 모습이었는데 일 년 만에 그렇게 컸다는 말씀 이세요? 아무리 러시아인이라지만, 성장 속도가 굉장하네요."

"그렇지는 않아요. 갑자기 큰 것이 이상할 뿐, 러시아 소녀들 은 열다섯 이전에 그 정도 키를 가지는 소녀들이 많다고 하더라고요."

"러시아인이 큰 편이긴 하지요……. 음, 하지만 어리고 귀여웠던 키스카의 모습을 볼 수 없다고 하니 조금 서운하네요, 또 한편으로는 얼마나 예쁜 숙녀로 컸을지 기대도 됩니다."

"후후, 키스카는 연예인이 아니라 방송에 얼굴을 비칠 일은 없겠지만, 채은 씨께는 꼭 보여 드릴게요."

방송에 공개되지 않는다는 것은 시청자나 관객들에게는 공개하지 않는다는 것이기에 관객석에서 야유가 나왔다.

하지만 자신에게는 공개해 준다는 건의 말에 만족스러운 웃음을 지은 채은이 승리자의 미소를 지어 보이며 다음 질문을 이어갔다.

"네, 기대하겠습니다. 자, 다음으로 케빈 윈스턴 씨께 질문을 드릴게요."

건이 케빈에게로 마이크를 넘기자 자신의 차례라는 것을 안 케빈이 마이크를 넘겨받았다.

잘생긴 외모 덕에 꽤 인기가 있었던 케빈이 마이크를 받자 관객석에서 여성 팬들의 함성이 터져 나왔다.

관객석을 보고 윙크를 하는 케빈을 본 여성들이 더욱 소리를 지르자, 채은이 관객들을 진정시켰다.

"자자, 여러분. 진정하세요. 케빈? 이번에 케이와 함께 활동하게 되셨는데, 몬타나의 활동은 더 이상 안 하시는 것인가요?"

질문을 들은 케빈이 건을 보며 웃었다.

한참 동안 이어진 케빈의 말을 듣고 있던 건이 따뜻한 표정으로 미소를 짓자, 채은이 재촉했다.

"케이? 케빈이 뭐라고 했나요?"

건이 손을 뻗어 케빈의 어깨를 잡으며 말했다.

"몬타나 활동 역시 계속할 예정이지만, 자신의 본업은 저의 베이시스트라고 했습니다. 제가 부른다면 몬타나의 투어 콘서트 중에도 도망칠 거라고 하네요, 하하."

채은이 눈을 동그랗게 뜨며 말했다.

"정말 그렇게 말했나요? 이거 카를로스 몬타나 씨가 들으면 서운해하시겠어요."

"하하, 카를로스에게도 매일 저렇게 말해서 이제 서운해하지 않더라고요."

"호호, 그렇군요. 그럼 케빈? 당신의 다음 활동은 무엇인가요?"

케빈이 아무렇지 않게 영어로 말했다.

"Seoul City Hall Square, tomorrow afternoon at 8 o'clock."

케빈의 말에 당황한 건이 재빨리 그에게서 마이크를 빼앗았지만, 너무 쉬운 영어라 알아들어 버린 채은이 물었다.

"서울 시청 광장, 내일 오후 여덟 시? 이게 무슨 말인가요?"

건이 눈에 띄게 당황했다.

시즈카와 아더 역시 케빈의 말에 당황했는지 그를 보자, 케빈이 영문을 모르겠다는 표정으로 어깨를 으쓱했다.

"왜, 다음 활동 뭐냐고 질문한 거 아니야?"

시즈카가 케빈을 째려보며 속삭였다.

"그거 비밀이잖아, 바보야!"

아더 역시 시즈카를 거들며 케빈의 목을 팔로 감았다.

"린 이사가 게릴라 콘서트라고 비밀 유지하랬는데 그냥 말하면 어떡해요?"

영어로 하는 대화였지만 대한민국 국민의 대부분은 일정 수준 이상의 영어를 할 수 있었다.

국민의 대부분이 고등 교육을 받은 만큼 TV를 시청하고 있는 시청자들이 그들의 말을 이해하며 눈을 빛냈다.

건이 당황스러운 표정으로 말을 잇지 못하자 채은이 눈치를 보며 말했다.

"이거 뭔가…… 통역을 하며 밝히면 안 되는 정보가 나왔나 보군요, 어쩌죠? 생방송이라 편집도 안 되는데 말이죠."

건이 무대의 커튼 뒤에 서 있는 병준을 보자 그가 고개를 절레절레 저으며 한숨을 쉬었다.

잠시 생각에 잠긴 그가 건을 보며 살짝 고개를 끄덕이자, 건이 마이크를 잡았다.

"에…… 그게…… 케빈이 보안 사항에 대해 발설을 해버렸네요. 제 통역이 잘못되었나 봐요. 앞으로 몬타나와의 활동을 할 것인지, 아니면 저와 함께 계속 음악을 할 것인지에 대한 것을 물었는데 냉큼 다음 스케줄을 말해 버렸네요. 하하."

건이 웃으며 관객들을 보았지만, 관객들은 누구 하나 따라 웃지 않고 가만히 건의 입에 온 신경을 집중했다.

관객들이 모두 자신만 보는 것을 본 건이 입맛을 다시며 말했다.

"에라 모르겠다!"

건이 자리에서 일어나며 말했다.

"저희는 이만 갑니다! 내일 서울 시청 광장에서 저녁 여덟 시에 봐요! 여러분! 무료 공연입니다! 애들아, 뛰어!"

건이 재빨리 마이크를 놓고 뛰어나가자, 시즈카, 케빈, 아더가 그를 따라 무대 밖으로 사라졌다.

혼자 남은 채은이 건을 잡으려고 손을 뻗었지만 이미 달려나가 버린 건을 잡지 못한 채은이 당황하는 표정으로 지현을 보았다.

지현 역시 당황했는지 머뭇거리자 무전기를 통한 석진의 외침이 들려왔다.

"아직 방송 시간 7분 남았어! 채은 씨! 노래라도 한 곡해요!"

이어잭에서 울리는 석진의 말에 당황한 채은이 자기도 모르게 마이크를 들고 말했다.

"에…… 새, 생방송 중이라 이런 일도 일어나네요, 부디 시청자 여러분의 넓은 양해를 부탁드립니다. 그, 그럼…… 제가 노, 노래 한 곡 할게요."

말도 안 되게 마무리되는 무대에 당황한 것은 관객들도 마찬가지였는지 웅성거림이 커질 때 당혹한 스탭들이 부산스레 움직이자, 무대 뒤편의 커튼이 슬그머니 열리며 건의 얼굴이 튀어나왔다.

두리번거리며 어찌해야 할 바를 몰랐던 채은이 눈을 흘기며 마이크를 들었다.

"야! 김 건! 너 빨리 안 돌아와?"

건이 커튼 뒤에 몸을 숨기고 말했다.

"더 이상 안 물으면 갈게. 나 혼난단 말이야."

건의 말에 관객석에서 웃음이 터져 나왔다.

실제 리얼하게 일어난 상황이란 것을 모르는 관객들은 현재의 상황이 고도로 계산된 연출이라고 생각했기 때문이었다.

속도 모르고 웃어대는 관객들을 본 채은이 속이 바짝 타들어 가는지 마른침을 삼키며 손짓했다.

"알았어, 빨리 와!"

"진짜지?"

"알았다니까!"

의심스러운 눈초리로 머뭇거리며 다가오는 건의 모습 덕에 다시 한번 관객들이 웃음을 지었다.

건과 함께 질문을 주거니 받거니 하며 남은 7분을 겨우 방송으로 채우고 클로징 멘트를 한 채은이 박수를 받으며 무대에서 내려왔다.

♪♩♩

바로 회식 장소인 호텔 레스토랑으로 이동한 일행이 VIP룸에 자리를 잡고, 음식을 먹기 시작했고, 채은은 건의 옆에 딱 붙어 어떻게 살았는지, 건강한지 등의 안부를 물었다.

회식 자리에는 일행들 외에 영석, 석진, 지현이 함께했다. 지현은 건에게 사인을 받고 사진도 함께 찍으며 호들갑을 떨었고, 회식 자리에 초대받지 못한 작가 진들과의 단톡방에 사진을 보내며 작가들의 질투 어린 반응에 웃음 짓고 있었다.

모두가 즐겁게 회식을 즐기고 있는 중 화장실을 가느라 자리를 비운 채은의 자리를 차지한 영석이 건의 어깨에 손을 올리며 말했다.

"그래, 이제 곧 졸업이구나, 학기는 이미 끝난 거지?"

"모레 끝나는 걸로 알고 있어요. 전 이번 학기에 수업을 안받아서 학기가 끝나는 것과 상관없어서 잘 모르겠네요. 앨범을 냈으니 졸업은 문제없고요."

"그래, 꼭 졸업하겠다는 약속을 지켰구나."

"후후, 네. 형이랑 한 약속이었죠."

"그래, 수고 많았다. 그런데 나 질문 좀 해도 되냐?"

"뭔데요?"

영석이 손가락 두 개를 펴 보이며 말했다.

"질문이 두 가지야. 답해주기 곤란하면 하지 말고."

건이 해맑게 웃으며 말했다.

"곤란한 질문이라도 제가 말한 답을 형이 어디 가서 이야기할 것도 아니잖아요. 해보세요."

"하하, 그래. 음…… 먼저 아까 말한 내일 시청 광장 이야긴 도대체 뭐야?"

"아…… 그거요."

건이 세상모르고 음식을 퍼먹고 있는 케빈을 째려본 후 말했다.

"원래 게릴라로 진행하는 라이브였는데, 케빈 저 녀석 때문에 다 밝혀졌네요. 내일 거기서 공연할 거예요."

"그래? 방송 안 끼고? 너 정도 되는 애가 방송도 안 끼고 라이브 할 이유가 있어?"

"음…… 지난번 레오파트 투어 때도 한국에서는 게릴라로 공연을 했었잖아요. 제 조국이라는 생각이라 그런지 조금이라도 많은 사람에게 음악을 들려주고 싶다는 마음이었어요."

"음…… 그래? 그럼…… 오늘 방송에 참여했던 멤버들이 다 나오고?"

영석의 질문에 건이 장난꾸러기 같은 웃음을 지었다.

"그건 비밀."

영석의 미간이 찌푸려졌지만, 회사에 소속된 건이 함부로 말해줄 수 있는 부분이 아니라고 생각한 그가 궁금증을 지우며 말했다.

"좋아, 두 번째 질문."

영석이 테이블의 맨 끝에 앉아 시즈카와 노닥거리고 있는 윤정과 진연을 보았다.

"쟤들은 어떻게 만나게 된 거야?"

YDN의 수작에 대해 언론에 발표하지 않았기에 윤정, 진연은 그저 건이 먼저 한국에 연락해 데려온 것으로 되어 있었다.

정보가 없었던 영석 역시 동일하게 알고 있는 것은 당연했다.

자세한 내용에 관해서는 설명하기 힘들었지만 대략적으로 둘러대기라도 하려던 건이 VIP룸의 문이 열리고 고개를 내미는 사람의 얼굴을 보고 인상을 굳혔다.

미닫이문으로 이루어진 VIP룸의 앞에 중년의 남자가 깔끔한 정장을 입고 서서 건을 바라보고 있었다.

그를 본 윤정과 진연이 경악해 자리에서 벌떡 일어났고, 영문을 모르는 일행들이 문 쪽으로 시선을 집중하자, 문 앞에 서 있던 중년인이 고개를 깊이 숙이며 말했다.

"실례합니다. 케이에게 꼭 하고 싶은 말이 있어 실례를 무릅쓰고 달려왔습니다."

영석이 중년인을 자세히 본 후 자리에서 일어나 손을 내밀며 말했다.

"아니, 여긴 웬일이세요, 김창한 대표님?"

영석의 인사를 받는 둥 마는 둥 한 김창한이 건에게 시선을 고정하자, 건이 인상을 잔뜩 쓰고 있는 병준을 힐끔 본 후 자리에서 일어났다.

"옆 방으로 잠깐 가시죠. 윤정아, 진연아. 너희들만 따라와."

건이 윤정, 진연과 함께 옆 방으로 가버리자 문 앞에 서 있던 영석이 병준에게로 고개를 돌렸다.

"YDN의 김창한 대표님이 여기까지 무슨 일이시지요?"

병준이 인상을 쓰며 고개를 절레절레 저은 후 일어나 건이 이동한 옆 방으로 향했다.

그에게서도 답을 듣지 못한 영석이 쓴 입맛을 다시자, 석진이 웃으며 술잔을 건넸다.

병준이 옆 방으로 건너갔을 때 건과 김창한이 마주 앉아 있었고, 그들의 옆 테이블의 가장자리에 윤정과 진연이 긴장된 표정으로 앉아 있었다.

사건이 발생할 때 건의 투어 콘서트 기획을 하기 위해 사무실을 떠나 있었던 병준이었지만 클라라를 통해 사건의 전말을 들었던 병준으로서는 건과 윤정, 진연만을 김창한과 독대하도록 하는 것은 위험한 일이라는 판단으로 방으로 들어온 것이었다.

병준이 김창한을 노려본 후 윤정과 진연의 반대편, 즉 건과 김창한이 마주 보고 있는 테이블의 가운데에 자리를 잡았다.

아무 말 없이 김창한을 보고 있는 건을 힐끔 본 병준이 먼저 입을 열었지만, 그의 입에서는 평소와 달리 매우 불친절한 말투가 나왔다.

"무슨 일입니까? 지난 일은 이미 끝났을 텐데, 아직도 볼일이 남았습니까?"

자리에 앉아 있던 김창한이 천천히 자리에서 일어났다.

방에 앉아 있던 일행들의 시선이 그의 움직임에 따라 이동하자 나이가 지긋한 김창한이 젊은 건을 향해 정중히 허리를 숙였다.

평소 같았다면 마주 허리를 숙였을 건이었지만 팔짱을 끼고 그를 보고 있는 건은 별다른 반응이 없었다.

허리를 숙인 김창한은 무슨 생각인지 숙였던 허리를 들지 않은 채 말했다.

"지난 일은 내 정중히 사과하겠습니다."

김창한의 말에도 건의 표정은 달라지지 않았다. 용서를 입에 담았지만 건 역시 인간이었기에 그에 대한 경멸과 미움을 완전히 털어내지는 못했기 때문이다.

"사과는 이미 전해 들었습니다. 찾아오신 이유가 무엇인지 말씀하세요."

"다른 뜻은 없습니다. 그저 직접 찾아뵙고 사과와 감사의 말을 전하고 싶었습니다."

"그것뿐이라면 이만 돌아가세요, 린 이사님을 통해 이미 들었으니까요."

"저 말고, 다른 이의 사과도 받아주시겠습니까?"

"이 팀장님과 수정 씨 말씀이라면 그 역시 전해 들었습니다."

김창한이 허리를 편 후 한숨을 쉬었다.

잠시 윤정과 진연을 바라보자 그녀들은 아직도 김창한이 두려웠는지 어깨를 움찔거렸다.

숨을 고른 김창한이 자리에 선 채 윤정과 진연에게 말했다.

"그리 보는 것을 이해한다. 내가 너희에게 한 짓이 있으니 말이야. 미안했다, 애들아."

YDN 소속 시절, 단 한 번도 김창한이 누군가에게 허리 숙여 사과하는 것을 보지 못한 윤정과 진연이 놀라는 표정을 짓자, 김창한이 병준에게 고개를 돌렸다.

"10분만 시간을 주시겠습니까? 대화를 녹음하거나, 녹화하셔도 무관합니다."

병준이 고개를 저으려다가, 그가 어떤 인간이었는지를 깨닫고 핸드폰을 들어 녹음 모드로 변경한 후 테이블에 내려놓았다.

그의 핸드폰이 액정을 아래로 하여 놓인 것을 본 김창한이 살짝 고개를 끄덕이며 건을 보았다.

"저와 함께하는 시간이 거북하시리라 생각됩니다. 그리고 그것을 이해합니다. 제게 단 10분만 내주세요, 케이."

건이 가만히 그를 올려다보다 살짝 고개를 끄덕이자, 감사의 인사라도 전하듯 다시 한번 허리를 숙인 김창한이 맞은편에 앉았다.

눈을 감고 잠시 숨을 고른 그가 입을 연 것은 조금 시간이 흐른 뒤였다.

"제가 연예계에 뛰어든 것은 지금으로부터 31년 전, 제가 스물여섯 무렵이었습니다. 당시 한국의 연예계는 정치계와 연관되어 갖가지 더러운 일들이 만연한 시대였지요."

뜬금없이 자신의 과거로 이야기를 시작하는 김창한에게 일행의 시선이 모였다.

좌중을 한번 돌아본 김창한이 다시 입을 열었다.

"스물여섯, 처음 연예계로 뛰어들어 맡았던 연예인은 당시 꽤 인기가 있었던 여배우였습니다. 아무것도 모르는 저는 그저 그녀의 성공을 바랐고, 그녀의 성공으로 인한 나의 성공을 바랐습니다. 그리고 일 년 후, 권력자의 접대 요구를 거절했던 나의 선택은 그녀의 파멸로 이어졌습니다."

김창한이 테이블 위에 있는 물잔을 들어 목을 축인 후 입술을 핥았다.

"나는 청초했던 그녀가 그런 일을 하는 것이 싫었고, 그녀 역시 싫었을 거라 생각했습니다. 그래서 그녀와 논의하지 않았고, 그 일을 제 선에서 거절했었죠. 그리고 그녀는 하지도 않은 대마초 사건에 연루되어 이 세계를 떠나야 했습니다. 점점 파멸의 길을 걸어가는 그녀를 옆에서 지켜보고 있던 저는 무척 괴로웠습니다."

병준이 미간을 좁히며 말했다.

"하지도 않은 사건에 연루되었단 말입니까?"

김창한이 쓴웃음을 지으며 말했다.

"사람들은 몰랐지만, 당시 그녀는 담배를 피웠습니다. 많이는 아니고 하루에 두어 개를 피우는 것이 다였지만요, 친구들과 간 나이트클럽에서 테이블 위에 있던 담배를 피웠고, 그날따라 담배 맛이 이상했다고 합니다. 평소 피우던 담배가 아니라 그런가 보다 하고 바로 껐다고 하는데 그것이 누군가 그녀를 상대로 함정을 판 것이라고는 생각을 못 했었죠."

"그게 대마초였습니까?"

"네, 친구들과 춤을 추러 나간 사이, 누군가 담배를 바꿔둔 것이었습니다. 결국 그녀는 경찰 조사에서 마약에 대한 혈액 반응이 나왔고, 그것으로 그녀의 인생은 끝났죠."

"으음…… 그랬군요."

김창한이 병준의 질문에 답을 해준 후 다시 건에게로 고개를 돌렸다.

"모든 것을 잃고 자신의 집에 칩거한 그녀에게 달려간 나는 이것이 함정이라고, 넌 아무 죄가 없다고 외쳤습니다. 그리고 정치계에서 어떤 더러운 요구가 있었고, 내가 그것을 거절했다는 것을 밝혔지요."

건이 가만히 그를 보다가 말했다.

"그래서요?"

김창한이 회한에 젖은 눈으로 살짝 고개를 숙였다.

잠시 말을 잇지 못한 그가 잠시 후 입을 열었다.

"나는 그녀가 나와 함께 억울해할 것이라고 생각했습니다. 하지만 그녀에게서 돌아온 것은 차가운 원망의 말이었습니다. 차라리 그냥 받아주지 그랬냐고, 몸 한 번 주는 것이 뭐가 그리 어려운 일이냐는 말이었습니다. 결국 나는 그녀의 성공에 도움은커녕 방해를 준 것이었죠."

김창한이 다시 목이 타는 듯 물을 한 모금 마셨다.

"나는 그녀가 그리 생각할 줄은 몰랐습니다. 청초하고 아름다워 키스 신도 찍기 싫어했던 그녀였습니다. 나는 그녀의 매니저였고 그녀를 지키고자 하는 마음이었지만, 그녀가 원한 것은 인간의 존엄성을 지키는 것이 아닌, 연예계에서의 성공이었던 것이었습니다."

물잔을 내려놓은 김창한이 다시 입을 열었다.

"그때, 그때부터였습니다. 제가 변한 것은요. 무슨 일이 있어도 성공시킨다. 그것이 어떤 더러운 일을 동반하는 일이라 하더라도, 나는 내 연예인을 성공시킨다. 그것이 나중에 그들로 하여금 나에게 고마움을 느끼게 할 것이라고 말입니다."

병준이 한심한 표정을 짓는 것을 본 김창한이 쓴웃음을 지었다.

"물론 그것이 정답이 아니라는 것은 일찍 깨달았습니다. 모든 사람의 생각이 그때의 그녀와 같을 리는 없으니까요, 성공을 위해 무슨 짓이라도 시키려는 저에게 반발한 연예인도 있었고, 그를 폭로하고자 했던 연예인도 있었습니다. 저는 그것을 막기 위해 저 스스로 담당 연예인을 파멸시킨 적도 있지요."

김창한이 다시 윤정과 진연을 바라보았다.

"하지만 그것을 깨달았을 때는 이미 늦어버렸습니다. 나는 이미 너무 많은 나쁜 짓을 저질러 왔고, 웃기게도 그것은 나에게 돈과 명예를 주었지요. 나는 그것을 손에서 놓치기 싫었고 거짓을 가리기 위한 더 큰 거짓을 말하게 되었습니다. 또, 나쁜 짓을 가리기 위한 더 큰 나쁜 짓을 하게 되었지요."

김창한이 자신의 말을 듣고 있는 건을 바라보았다.

"당신과의 일이 있고 난 후, 한국에 돌아온 나는 처음 몇 일간 일을 진행했던 수정이와 팀장에게 매일 같이 화를 냈습니다. 분했습니다, 좀 더 치밀하게 준비하여 일을 도모하지 않은 그들과 나 스스로에게 분노했습니다."

병준의 얼굴이 차갑게 변하자 김창한이 곧바로 말했다.

"그리고 며칠이 지났습니다, 나는 일이 그 정도로 마무리된 것에 안도하고 또다시 내 본업으로, 나의 일상으로 돌아가려 했습니다. 하지만 나는 그 며칠간 끊임없이 잠을 잘 때 한 가지 꿈을 반복해 꾸었습니다."

건이 팔짱을 낀 후 나직한 음성으로 말했다.

"무엇이었나요?"

"그 꿈은 재미있게도 기자 회견장, 맨 뒤에서 따뜻하게 웃고 있던 당신의 모습이었습니다. 어떤 날은 아침에 일어나 웃음의 의미가 무엇이었는지에 대해 고민하게 되었고, 또 어떤 날은 그 웃음이 나에 대한, YDN에 허술한 함정에 대한 비웃음이라는 생각에 분노했었습니다."

김창한이 잠시 병준과 건을 번갈아 본 후 말했다.

"또 며칠이 지났지만 매일 밤 꾸던 그 꿈은 반복되었습니다. 그리고 이제는 알고 있습니다. 당신의 그 웃음은 세상 어떤 것보다 고결했던 용서가 담긴 웃음이었다는 것을요."

건의 딱딱하고 경계 섞인 표정이 조금씩 풀리는 것을 본 김창한이 자리에서 자세를 바꿔 무릎을 꿇었다.

50대 중반을 넘어 60대를 바라보고 있는 김창한이 이십 대 중반의 건 앞에서 무릎을 꿇었지만, 좌중은 아무도 당황하거나 그를 말리지 않았다.

"진심으로 감복했습니다. 당신이라는 사람에게 말입니다. 그리고 이미 늦었는지 모르겠지만 나는 한국에 돌아와 지금까지 내가 파멸시켰던 연예인들을 찾아 사과했습니다. 그들은 대부분 연예계에서의 생활을 잊고 사업을 하거나, 결혼한 상태였죠. 집 대문 앞에서 냉수를 뒤집어쓴 적도 있고 가게 앞에서 발도 들이지 못하고 욕을 듣고 그들이 뿌리는 소금을 덮어쓴 적도 있었습니다. 그만큼 저는 그들에게 악랄하게 대했었으니까요."

김창한이 무릎을 꿇은 채 허리를 숙였다.

"나는 나를 용서해 준 당신에게 한 가지 묻고자 합니다."

건이 살짝 고개를 끄덕여 질문을 허락하자 김창한이 고개를 들며 말했다.

"나는 용서를 구하는 것보다, 용서하는 쪽이 어렵다는 것을 깨닫게 되었습니다. 그리고 그것은 고스란히 나를 용서한 당신에 대한 고마움으로 변했습니다. 당신은 어떻게 나를 용서할 수 있었습니까?"

건이 가만히 그의 눈을 바라보다 네팔의 로찌, 테라스에서 비라시와 했던 말을 떠올렸다.

잠시 옛 생각에 미소를 짓던 건이 조용히 입을 열었다.

"용서를 노래해요. 용서는 왕의 역할이지만, 복수는 저급한 자의 행위일 뿐이에요. 그리고 사랑하세요. 누군가를 사랑하면서 그와 동시에 현명해진다는 것은 불가능한 일이기도 하지만, 개인을 사랑하기보다 세상을 사랑해 봐요. 자기 자신만을 사랑하는 인간은 사회를 거칠고 삭막하게 만드니까요'라고 말해준 사람이 있었습니다. 나는 그의 말을 따라 살아가고 있습니다."

김창한이 건의 말을 가슴에 새기려는 듯 손으로 심장 부근을 잡고 눈을 감았다.

"그것이 누구였습니까?"

건이 미소를 지었다.

"모르겠습니다. 그가 누구였는지, 그저 길가에서 우연히 만난 사람이었는지, 혹은 신이었는지."

건의 아름다운 미소를 본 김창한이 더욱 깊숙하게 허리를 숙였다.

"답변해 주셔서 감사합니다. 그리고 나는 확신합니다, 그때 당신이 만난 것은 분명 신이었을 겁니다."

허리를 숙인 김창한을 내려본 건의 입가에 미소가 맴돌았다.

♪♪♩

"들어와."

김창한의 말이 떨어지자 방문이 열렸다.

병준은 방 앞에 여러 명의 인기척이 있다는 것을 미리 느끼고 있었던 듯 그리 놀라지 않았지만 문에서 가장 멀리 앉아 있던 윤정과 진연은 자리에서 벌떡 일어났다.

"수정 언니! 이 팀장님!"

초췌해진 수정이 파리한 얼굴로 건을 바라보았다.

해고를 당했을 거라 생각했던 이 팀장은 감히 건과 눈도 마주치지 못하고 방으로 들어와 고개를 푹 숙이고 있었다. 두 사람을 본 김창한이 잠시 숨을 고른 후 말했다.

"이 팀장은 해고를 했었습니다. 아까 말씀드린 것처럼 한국에 돌아온 저는 무척 화가 나 있었지요.

하지만 반복된 꿈의 끝에 그가 나의 지시에 따른 것뿐이라는 결론을 얻었고, 그의 죄는 모두 나에게 있다는 것을 깨달은 후, 그를 다시 데려왔습니다."

김창한의 말에 이 팀장이 자리에서 허물어지듯 무릎을 꿇었다.

"죄…… 죄송합니다!"

김창한과 달리 직접 일을 도모하고, 건에게 거칠게 화를 냈던 이 팀장이었기에 건의 표정은 그리 좋지 못했다.

하지만 사과를 하는 이에게 모진 말을 하고 싶지 않았던 건이 입을 닫자, 김창한이 수정을 보며 말했다.

"수정이에게는…… 제가 사과를 했습니다."

일행의 시선이 파리한 안색의 수정에게로 모이자 그녀가 고개를 푹 숙였다. 잠시 그녀에게 시선을 주었던 김창한이 입을 열었다.

"수정이뿐 아니라, 당시 함께했던 아이들과 YDN의 아이 중 나의 지시를 받고 접대를 한 경험이 있는 아이들, 그리고 접대가 아닌 다른 모든 더러운 일을 했던 매니저와 코디들을 불러 사과했습니다. 그러한 일을 시켜 미안했다고 말입니다."

김창한이 병준 쪽으로 고개를 돌렸다.

"저는 이 일에 책임을 느꼈습니다. 그리고 우리 YDN이 벌인 모든 더러운 일의 원흉은 모두 나에게 있었다는 것을 알게 되었습니다. 그래서 저는 YDN에 새로운 CEO를 앉히고 물러나려 합니다."

병준이 의외라는 표정을 짓자 김창한이 말을 이었다.

"이미 용서를 해주셨으나, 다시 한번 사과를 하고 싶었습니다. 이 두 사람이 여기 온 것은 저의 뜻이 아니라 두 사람의 뜻이었습니다. 거북하시겠지만 그들이 앞으로 또다시 인생을 살아가기 위해 용서받기 위한 몸부림이니 이해 부탁드립니다."

김창한의 말이 끝나자 수정이 무릎을 꿇고 허리를 숙였다.

"정말 죄송했습니다. 그리고 고마웠습니다."

건이 표정을 풀지 않고 있다가, 맥 빠진 듯 피식 웃음을 흘렸다.

"이제 됐으니, 일어나세요."

건의 말에도 허리를 펴지 않은 수정의 어깨가 들썩였다.

"흑흑, 대표님께는 죄가 없어요. 접대를 나가기 시작한 것은 성공하고자 했던 저의 의지였지, 대표님이 억지로 시킨 것이 아니었어요. 제가 잘못한 일이에요, 흐흑."

이 팀장도 함께 허리를 숙이며 말했다.

"저 역시 마찬가지였습니다. 정말 싫었다면 회사를 나갔을 것입니다. 무엇보다 성공하고자 했던 의지가 컸던 저는 대표님의 지시에 따른 것이 아니라, 스스로의 의지로 움직였던 것입니다. 부디 죄를 꾸짖으시려거든 저를 꾸짖어주세요."

진심으로 눈물 어린 반성을 하는 두 사람을 지그시 본 건이 자리에서 일어나 수정과 이 팀장을 일으켰다.

"일어나 편하게 앉으세요. 대표님도 편히 앉아서 이야기하세요, 제가 불편합니다."

편히 앉을 생각은 없었지만, 건이 불편하다는 이야기를 들은 세 사람이 허리를 폈다.

무릎을 꿇고 있는 셋의 다리를 손 수 펴 제대로 앉힌 건이 자리에 돌아온 후 미소를 지었다.

"김창한 대표님. 물러나신다고요?"

"예, 그렇습니다."

"그거 유행 지났습니다."

"예?"

"책임지고 물러나는 것 말이에요, 그것은 책임을 지는 것이 아니라 도망가는 것입니다."

"그, 그렇지만……."

"깨끗하게 만드세요, 직접."

"예?"

"또 다른 누군가가 그 자리에 앉아 권력과 돈의 맛을 보면 또 다른 악인이 생길 뿐입니다. 당신이 더럽힌 것은 스스로 치우세요."

김창한이 놀라는 표정을 짓자 건이 이 팀장을 보았다.

"팀장님 역시 이제부터라도 소속 연예인을 아끼고 사랑해 주세요. 그들의 성공과 인간적인 성장을 지켜봐 주세요. 돈 버는 기계로 보지 마시고 한 명의 인간으로 보아주세요."

건이 수정에게로 고개를 돌리고 잠시 그녀를 보았다. 자신에게 어떤 말을 해줄지 가늠하지 못한 수정이 건의 눈빛을 받고 살짝 고개를 숙이자 건이 말했다.

"수정 씨는…… 좀 더 자신을 사랑하세요."

생각지도 않았던 건의 말에 놀란 수정이 고개를 들자 건이 포근하게 웃었다.

"당신은 스스로 생각했던 것보다 훨씬 가치있는 사람입니다."

수정의 볼을 타고 뜨거운 눈물이 후드득 떨어져 내렸다. 단한 번도 자신에게 이러한 말을 해준 이는 없었다.

자신은 그저 그런 연예인이었고, 살아남기 위해 발버둥 치지 않고서는 연예계에서 버티지도 못할 거란 말만 들어왔던 그녀였기에 건의 말은 그녀에게 더 크게 다가왔다.

아무 말도 못 하고 폭포수처럼 터진 눈물이 온 얼굴을 적신 그녀의 옆으로 윤정과 진연이 다가와 그녀를 안아주었다.

"언니……."

"언니, 울지 마요."

감히 윤정과 진연과 눈도 마주치지 못한 수정이 오열했다. 크게 울음을 터트리는 그녀 덕에 입을 닫았던 건이 자리에서 일어나며 말했다.

"오늘 만남 즐거웠습니다. 다음에는 웃으면서 봐요."

김창한이 울고 있는 수정을 바라보다 황급히 자리에서 일어난 후 다시 한번 허리를 숙였다.

"시간 내어주셔서 정말 감사합니다. 당신의 말은 다시 한번 생각해 보겠습니다."

건이 웃으며 손을 내밀자, 김창한이 건의 손을 잡았다.

건과 함께 웃고 있지는 못했지만, 그의 손을 잡은 그는 조금 후련해지는 기분을 느끼고, 굳은 표정을 풀었다.

두 사람을 보며 피식 웃은 병준이 품 안에서 느껴지는 진동에 전화를 받았다.

"여보세요?"

"실장님! 저 무대 미술팀의 리웨이펑입니다!"

"어, 그래요. 무슨 문제라도 있나요?"

"그, 그게! 지금 서울 시청 광장에 도착했는데요, 내일 있을 무대를 설치하기 위해 말입니다!"

"네, 그런데요?"

"그, 그런데 지금 시청 앞 광장에 엄청난 인파가 몰려들고 있습니다! 기자들도 와 있고, 속보까지 나가고 있습니다!"

"뭐요?"

"TV를 틀어보세요!"

"알았습니다, 다시 전화하죠."

병준이 룸 안에 비치된 TV를 본 후 밖을 향해 소리쳤다.

"여기요! 이 TV, 방송을 볼 수 있는 TV인가요?"

금방 달려온 종업원이 TV를 틀어주자, 여기저기로 채널을 돌리던 병준이 입을 떡 벌렸다.

병준의 통화내용을 몰랐던 일행들은 그가 TV를 틀 때부터 조용히 그가 하는 행동을 지켜보고 있다가, 방송을 통해 흘러나오는 내용을 보고 경악한 표정을 지었다.

화면 속 시청 광장에 수많은 텐트가 있었다.

밤늦은 시간에 시청 광장으로 달려온 사람들이 좋은 자리를 선점하기 위해 오늘 밤부터 텐트를 치고 있는 모습이 계속해 방영되고 있었으며 상기된 표정의 남자 아나운서의 멘트가 흘러나왔다.

"현재 시청 앞 광장은 밀려드는 인파로 인해 인산인해를 이루고 있습니다. 이것은 금일 오후 네 시에 방송된 채은의 뮤직 아카데미에서 케이의 베이시스트인 케빈 윈스턴의 폭탄 발언으로 인해 발생한 일이며, 현재까지 시청 앞 광장에 10만 명이 넘는 인파가 모여들고 있다는 소식입니다!"

화면이 전환되고 무대를 설치하기 위해 미리 깃발과 줄로 진

입을 금지시킨 구역 앞에 선 남자 아나운서의 상기된 표정이 나왔다.

"지금 들어온 추가 속보를 알려 드립니다. 현재 인천공항을 통해 일본, 중국인들이 밀려 들어오고 있다는 소식입니다! 현재 두 국가에서 한국으로 들어오는 모든 항공편이 매진되었고, 내일 오후까지 지속해서 유입될 것이라는 예상입니다. 또 동남아와 러시아에서도 계속 항공편이 매진되고 있다는 소식이며, 내일까지 한국으로 유입되는 관광객은 오만여 명이 넘을 것으로 예상됩니다!"

계속해서 새로운 소식이 들어오는지 기자가 귀에 꽂고 있는 이어폰에 손을 올리며 시시각각 표정을 달리했다.

"또 하나, 현재 서울로 올라오는 고속도로의 소식입니다. 화면 보시겠습니다!"

화면이 전환되고, 경부와 중부, 춘천 고속도로의 모습이 분할되어 올라오고 있는 것이 보였고, 다급해 보이는 기자의 외침이 흘러나왔다.

"약 10분 전, 한국도로 공사의 발표에 따르면 부산 요금소 기준, 동서울 요금소까지 열 시간이 소요되고 있다는 소식으로, 이것은 케이의 공연을 보기 위해 지방의 관객들이 움직이는 것으로 보여지고 있습니다! 한국도로 공사는 고속도로교통상황안내전화(종합교통정보안내 1333, 고속도로 교통정보 1588-2504)와 운전자용 스마트폰 앱, 도로변 전광판(VMS) 등을 통해 제공되는 실시간 교통상황과 지정체 구간 우회도로 정보를 이용해 국도를 이용할 것을 권장하고 있으며, 추석이나 설 연휴의 교통 대란에 버금가는 교통 체증이 일고 있다는 소식입니다!"

계속되는 속보를 놀란 눈으로 보고 있던 윤정이 진연 쪽으로 몸을 숙이며 작게 말했다.

"내일 한 곡만 하는 거 아니었어?"

윤정의 말을 들은 김창한이 병준을 보며 물었다.

"생방송에서 케빈이 이야기하는 것을 듣고 어느 정도 예상은 했습니다만, 이건 상상을 뛰어넘는군요. 내일 한 곡만 하시는 겁니까? 저렇게 많은 사람이 오고 있는데 한 곡만 하시면 관객들이 화를 내지 않을까요?"

병준이 골치가 아픈지 머리를 쥐어뜯었다.

"아 망할 케빈!"

건이 고민스러운 표정을 지으며 물었다.

"형, 스넵과 네미넴은 어떻게 되었어요?"

"내일 평택 기지로 들어올 거야."

김창한이 놀란 표정으로 말했다.

"예? 그들이 옵니까?"

병준이 비밀이라는 듯 검지를 입에 올리자 김창한이 알겠다는 듯 고개를 끄덕였다.

"비밀 지켜주세요. 내일 땅의 노래를 공개할 예정이었어요."

"허허, 그렇군요. 스넵 독과 네미넴이 한국에 비밀리에 방문할 것이라는 걸 모르는 관객들이 무척 즐거워하겠습니다. 하지만 한 곡만 하고 끝내면…… 좀 서운해하겠군요. 불의 노래나 바람의 노래도 함께하시는 것이 어떻겠습니까?"

병준이 고개를 저었다.

"밴드 사운드를 낼 수 없는 무대에요. 바람의 노래는 몰라도 불의 노래는 어렵습니다. 바람의 노래도 정해진 안무가 무대를 이용하는 안무라, 갑자기 수정하기 어렵고요. 휴, 건아 이거 어쩌지?"

건이 자신도 대안이 없다는 듯 어깨를 으쓱하다가 이제야 울음을 조금씩 멈추고 있는 수정을 바라보고 문득 말했다.

"저…… 대표님. 혹시 내일 YDN 소속 가수 중 스케줄이 없는 가수들이 있나요?"

"예? 무슨……."

"혹시 저희 좀 도와주실 수 없을까요?"

"어떤 일이든 돕겠습니다. 말씀만 하세요."

"내일 스케줄이 없는 가수들을 좀 데려와 주시겠어요? 저희 공연 앞에 다른 가수들의 공연을 세우면 좀 낫지 않을까 싶어서요."

건의 말에 놀란 김창한이 머뭇거리며 말했다.

"그건…… 저희 쪽에서 도움을 드리는 것이 아니라 도움을 받는 꼴인데…… 케이의 공연에서 오프닝을 선다는 것은 하고 싶어도 못하는 것이 아닙니까…… 또 도와주시려는 겁니까?"

"하하, 그냥 저희가 도움을 받는 것으로 하시죠."

김창한이 고마운 눈빛으로 고개를 숙였다.

"최대한 준비해 보겠습니다."

"고맙습니다, 대표님. 아 참! 스넵과 네미넴 이야기는 비밀 유지 부탁드려요."

"걱정 마세요, 감사한 마음을 담아 최선을 다하겠습니다."

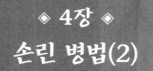

◈ 4장 ◈
손린 병법(2)

다음 날, 서울시청 광장 오후 여섯 시.

정오 이후 몰려온 진행 요원들이 바닥에 펼쳐진 텐트를 해체해달라는 요청으로 광장에는 더 이상 텐트가 보이지 않았다.

하지만 사라진 텐트의 크기만큼 더 많은 사람이 몰려들고 있었다.

새벽부터 정오까지 이미 10만 이상의 사람들이 광장의 무대 앞으로 모였고, 정오부터 오후까지는 더 많은 사람이 구름 떼 같이 모여들었다.

한국인과 일본, 중국, 동남아 사람들 외에도 뒤늦게 도착한 서양인들이 끊임없이 밀려들었다.

시화의 앞집에 사는 지이와 윤희는 미국으로 떠난 시화에게

빈집이라 도둑이 들지 모르니 집 앞에 매일 오는 신문을 치워 달라는 부탁을 받았다.

건에게 직접 도움을 주는 것은 아니지만, 그의 가족에게라도 잘하고 싶었던 지이는 누구보다 열심히 시화의 부탁을 이행하다, 어젯밤 음악 프로그램을 즐겨보던 윤희에게서 전화를 받았다.

처음 채은의 뮤직 아카데미에 건이 나왔다는 윤희의 말을 믿지 않았지만, 곧 무수히 쏟아지는 인터넷 뉴스를 본 지이는 즉시 지이와 함께 서울시청 광장에 나와 밤을 지새웠다.

추운 겨울, 바들바들 떨며 보낸 지난밤의 시간은 그녀들에게 가장 앞줄의 자리를 허락했다.

정오가 지나자 밤새 얼어붙은 몸이 조금씩 녹았지만, 여전히 추위에 떠는 지이가 목에 박스를 걸고 지나가는 남자를 보며 반갑게 외쳤다.

"언니! 저기 커피 판다! 아저씨! 여기요, 여기!"

갑자기 공개된 게릴라 콘서트였지만 기회를 노리고 가판대를 연 상인들은 꽤 많았다.

오후가 되자 그 정도가 심해져 사람들이 주저앉아 있는 곳까지 박스를 들고 먹거리를 파는 사람들이 생겨났고, 밤새 추위에 몸이 꽁꽁 언 사람들은 너도나도 따뜻한 커피를 사 마시고 있었다.

지이와 윤희가 상인을 불렀지만 한참 다른 손님에게 커피를 팔던 남자는 한참 후에야 두 사람에게 커피를 내밀었다.

"오천 원입니다."

지갑을 꺼내던 윤희가 인상을 썼다.

"예? 무슨 종이컵 커피가 오천 원이나 해요, 카페 커피도 아니고."

"싫으면 드시지 마세요, 벌써 다 팔리기 직전이니까."

예상치 않은 대목 장사를 맞은 상인이 배짱을 부렸지만, 당장 언 몸을 녹이고 싶었던 지이가 재빨리 말했다.

"아니에요, 아저씨. 두 잔 주세요. 여기 만 원이요."

상인이 휘파람을 불며 커피 두 잔을 내밀고 사라지자 김이 모락모락 나는 커피를 호호 불어 마시던 지이가 아직 커피를 마시지 않고 온기에 손을 녹이고 있는 윤희에게 물었다.

"언니, 진짜 오는 거 맞겠지? 아, 어제 방송을 봤어야 했는데, 유튜브로도 안 올라오니 기사만 보고 와서 불안해."

윤희가 커피잔에 손등을 대며 주위를 둘러보았다.

"내가 분명히 들었어, 그리고 사람들이 다 바보니? 이 많은 사람이 다 그 방송 보고 온 걸 텐데."

"아, 그래도 불안해. 이 고생을 했는데 못 보고 가면 어떡해?"

"저기 봐, 지금 무대도 설치되고 있잖아."

윤희가 가리킨 곳에 부산하게 몸을 움직이며 무대를 설치하고 있는 사람들이 보였지만 지이는 여전히 마음을 놓지 못했다.

"이게…… 내가 직접 봤어야 확실한 건데, 휴. 시화 언니도 미국에 있으니 연락도 안 되고 미치겠네."

"나올 거야, 그나저나 너 수업은 어쩌고?"

"애들한테 물어보니까 여기 오는 애들이 하도 많아서 교수님이 공강 처리해 버렸대. 수업해도 몇 명 안 올 것 같아서 그런가 봐. 거기에 난 실용음악과니까 이런 공연 보는 것도 다 공부라고."

"하여간, 말은 잘해."

"언니는 면접 언제 봐?"

"오늘 면접 하나 있었는데 그냥 안 갔어. 어차피 맨날 보는 면접인데 뭐."

윤희의 얼굴이 시무룩해졌다.

올해 초 대학을 졸업한 그녀는 11월 말이 될 때까지 일흔 번이 넘는 면접을 봐 왔지만, 취업의 길은 멀고도 험했다.

전체 인원이 300명이 안 되는 중소기업에 지원을 해도 경쟁률이 이백 대 일이 넘었기에 자포자기한 심정이 된 그녀였다.

"학교는 다닐 만하고? 하긴 예술대니까 너 하고 싶은 공부라 재미는 있겠다."

지이는 올해 초 학교를 졸업하고 서울에 소재한 예술 전문 대에 입학했다.

건을 만난 후 열심히 연습한 보컬 수업의 영향으로 높은 실기 점수를 받았지만, 열심히 한다고 했던 공부는 워낙 기초가 없었기에 음대에 들어갈 수준이 안 되었기 때문이다.

하지만 실기 점수 위주로 평가하는 그녀의 대학은 예술 대학교 중 꽤 인지도가 높은 대학이었다.

"재미는 무슨, 보컬 연습은 없고 맨날 화성악이니, 작곡 실습 같은 것만 잔뜩 가르쳐서 짜증 나. 난 작곡을 할 생각이 없단 말이야. 왜 내가 그런 걸 배워야 하는지 모르겠어, 어떤 자식이 커리큘럼을 짰는지 진짜 음악이라는 테두리 안에서 수박 겉핥기식으로 아무거나 막 가르친다니까?"

인상을 찌푸리는 지이의 등을 쓸어 준 윤희가 고개를 저었다.

"아니야, 그래도 네가 어떤 일을 하게 될지 아직 명확하지 않으니까 다 배워둬. 배워두면 다 쓸모 있다."

"쳇, 나도 외국에서 공부하고 싶어. 외국 교육 기관들은 진짜 배워야 하는 것만 전문적으로 알려준다던데."

"모르는 소리 하지 마라. 케이 오빠도 전체적인 교육을 다 받았다고 했어."

"응? 누가 그래?"

"시화 언니가 그랬어. 그 오빠 교양 수업으로 철학이랑, 미술 관련 공부도 했대."

"그…… 그래?"

"그래, 시화 언니 말로는 줄리어드는 생각하는 뮤지션을 육성하는 것이 목표라서, 실기 외에도 일반 상식 과정이 꽤 많대."

"쳇…… 어딜 가도 그런 건가?"

"그래, 케이 오빠도 다 배우는데 네가 뭐라고 안 배운대? 열심히 해봐."

"알았어, 휴…… 어, 쟤들 뭐지?"

"뭐?"

지이가 손가락을 들자 윤희가 고개를 돌려 무대 뒤로 들어오는 차량을 보았다.

열 대가 넘는 검은 승합차가 줄지어 들어오자 손목시계를 본 윤희가 중얼거렸다.

"아직 여덟 시까지 두 시간이나 남았는데, 케이 오빠가 벌써 왔을 리는 없고…… 뭐지?"

맨 앞차의 문이 열리고, 안에서 여러 명의 여성이 예쁜 옷을 입고 내리는 것을 본 지이가 벌떡 일어났다.

"아앗! 쟤들! ATP다!"

지이의 외침을 들은 다른 사람들이 모두 무대 뒤 차에서 내리고 있는 다섯 명의 여자들에게 시선을 집중하며 자리에서 일어나 웅성거렸다.

"걸 그룹? 저 사람들이 여긴 웬일이지?"

"와, 수정이다. 얼굴 작고 비율 끝내주네, 방송으로 볼 때보다 예쁜 것 같지 않아?"

"그러네, 그런데 수정 말이야, 팡타지오 기자 회견 때 YDN 사장이랑 같이 인사하는 거 어딘가 좀 이상해 보이지 않았어?"

"안 그래도 그거 말 많아. 윤정, 진연이 팡타지오 가는 것을 허락하는 자리에 왜 수정이 있었는지 말이야."

"거, 또 시작이네. 소문 부풀리지 좀 마. 괜한 말 지어내서 멀쩡한 사람 병신 만드는 거 안 지겨워?"

"아니, 진짜 이상하긴 하잖아!"

"됐어, 어차피 관심도 없어, 어! 무대로 올라간다!"

무대 위에 오른 ATP가 자리를 잡자, 음악이 흘러나왔다. 가타부타 말도 없이 음악에 맞춰 춤과 노래를 하는 ATP의 무대를 본 사람들이 손을 높이 들며 안무를 따라 하고, 무대를 즐기기 시작했다.

두 곡을 부른 ATP가 내려가자, 또 다른 차량에서 여성들이 내렸다.

환호하던 관객들이 다시 한번 웅성거렸다.

"와, 이번엔 걸크러쉬야? YDN 애들이 다 나오네?"

"사전 공연 같은 건가? YDN이면 윤정, 진연이 있던 회사잖아. 진짜 팡타지오와 사이가 좋은가 봐."

"몰라, 심심했는데 잘 됐지, 뭐."

"YDN 최고다!"

무대 뒤 늘어선 차량의 맨 뒤에 있는 고급차량 안.

정장을 입고 있는 김창한이 이 팀장과 함께 밖을 보고 있었다. 미리 설치된 폭죽이 터지고, 신나는 댄스 음악에 몸을 실은 사람들이 공연을 즐기는 것을 만족스러운 눈으로 본 김창한이 시계를 힐끔 본 후 말했다.

"앞으로 두 시간. 최대한 분위기를 끌어내. 우리 애들 광고할 생각하지 말고, 케이의 공연에 앞서 분위기를 끌어올린다고 생각해라."

"예, 대표님. 안 그래도 그런 이유로 애들 멘트도 안 시켰습니다."

"그래, 나락까지 떨어져야 할 우리를 건져 올린 사람이다. 은혜를 갚아야지."

"네, 대표님. 그렇게 하겠습니다."

"그리고, 혹시 다른 기획사에서 예전의 우리 같은 의도로 접근할 수 있어, 이 팀장 네가 미리 가서 차단시켜."

"네, 안 그래도 우리 쪽 경호원들이 쫙 풀려 있습니다. 다른 기획사 놈들은 무대 근처에 접근도 못 하도록 미리 요주의 인물 사진까지 뿌려졌으니 그런 일은 없을 겁니다."

"휴우…… 그래야지."

똑똑.

갑자기 무대 반대편 쪽 차의 유리문에 노크하는 소리가 들리자, 김창한과 이 팀장이 동시에 고개를 돌렸다.

문 앞에 서 있는 서양인을 본 이 팀장이 창문을 열며 영어로 물었다.

"에…… 무슨 일이십니까? 여긴 관계자 외 출입금지 구역인데요."

금발을 어깨까지 덮은 미소년이 허리를 숙이며 고개를 들이밀었다.

이 팀장에게는 신경도 쓰지 않은 남자가 살짝 웃자, 외국 배우보다 잘생긴 그의 모습에 놀란 김창한이 눈을 크게 떴다. 금발 미소년이 웃는 얼굴로 말했다.

"이야기 좀 하지?"

서양인에게서 생각지도 못한 유창한 발음의 한국어가 들려오자 놀란 이 팀장이 입을 벌렸지만, 일면식도 없는 서양인과 이야기할 이유가 없다고 생각한 이 팀장이 다시 입을 열었다.

"아니, 누구신데……."

뭐라고 쏘아붙이려던 이 팀장이 자신의 허벅지를 잡는 김창한의 손길을 느끼고 그를 돌아보았다.

굳은 얼굴로 서양인을 보고 있던 김창한이 천천히 고개를 끄덕였다.

"이 팀장, 잠시 내려 있어. 이분과 이야기를 나눠야 할 것 같군."

보라색으로 빛나는 사내의 눈동자를 본 김창한이 허락하자, 미증유의 힘에 이 팀장이 자기도 모르게 차에서 내렸다.

열린 문을 가리킨 그가 금발 미소년을 보자, 그가 피식 웃으며 그의 어깨를 두드려 준 후 차에 탔다.

운전기사까지 내리게 한 김창한이 조용히 그를 보고 있자, 금발 미소년이 미소를 지으며 말했다.

"너, 지옥행 급행열차를 탈 뻔한 것 알고 있지?"

김창한이 마른침을 삼켰다.

단지 서양인이라고 하기에는 그의 몸에서 나오는 아우라가 심상치 않았다.

연예계 바닥에서 30년이나 구른 김창한은 그가 보통 사람이 아니라는 것을 알고 차에 들였지만, 지옥이라는 언급이 나오자 이상한 생각과 함께 자신도 모르게 몸이 굳는 것이 느껴졌다.

"누…… 누구십니까?"

금발 미소년이 실소를 지었다.

"누군지 알면 너 죽어야 해. 괜찮겠어?"

"헉…… 아니, 아닙니다."

미소를 짓고 있지만, 그의 깊은 눈빛에 두려움을 느낀 김창한이 목을 움츠렸다.

식은땀을 흘리고 있는 그의 어깨를 툭툭 친 금발 미소년이 이를 드러내며 웃었지만, 여전히 차가운 눈빛으로 말했다.

"착하게 살아, 너 정말 죽을 뻔했으니까. 아이가 널 용서했지만 우리는 그렇지 못했다. 당장 널 죽이겠다는 놈들이 한 트럭이야. 아이가 상처받을까 봐 그걸 말리느라 고생한 걸 생각하면 이 자리에서 널 죽이고 싶다."

영문을 알 수 없는 말이었지만 그의 독특한 분위기와 힘에 자라목이 된 김창한이 정신없이 고개를 끄덕였다.

금발 미소년이 차에서 내리려는 듯 엉덩이를 옮기다 문득 김창한을 돌아보았다.

"너, 금 좋아해?"

"예?"

"금 좋아하냐고."

"예…… 좋아합니다만……."

"모아놔."

"예? 금은 갑자기 왜……."

"필요할 거니까."

"아……. 예, 알겠습니다."

♪♫

　서울시청 위. 무대 뒤편에 있는 이 건물은 공무원 외에 출입이 금지된 곳이었지만, 옥상의 두 명의 남자는 아무런 제지를 받지 않는지 편안한 표정으로 팔짱을 끼고 아래를 보고 있었다.

　검은 장발에 선글라스를 쓴 가마긴이 옥상 문을 열고 들어오는 금발 미소년을 보며 말했다.

　"파이몬, 경고는 제대로 하고 왔나?"

　파이몬이 싱긋 웃으며 바지 주머니에 손을 넣고 휘적휘적 걸어왔다.

　"예, 가마긴 님."

　불만스러운 표정을 지은 암두시아스가 팔짱을 풀며 이를 갈았다.

　"가마긴 님! 지금이라도 제가 가서 갈아버릴까요?"

　파이몬이 다가와 그의 어깨를 툭 쳤다.

　"오버하지 마라. 반성하고 있는 것 같으니."

"그런 쓰레기가 반성한다고 나아지겠습니까? 나중에 뒤에서 또 어떤 짓을 할지 모르는데 지금 없애 버리는 것이 차라리 나은 것 아니겠습니까, 파이몬 님."

쿵쿵거리는 댄스 음악의 비트에 몸을 맡기고 걸 그룹들의 화려하고 아름다운 안무를 보며 환호하는 관객들을 내려다본 가마긴이 말했다.

"인간은 그러한 존재이기에 신에게 사랑받는다. 아무리 착한 이도 순식간에 악의 끝으로 변할 수 있고, 악의 끝자락에서 있는 자도 하나의 계기로 전혀 다른 사람이 된다. 그리고 그것이 가진 힘은 예상보다 크지."

파이몬이 몸에 묻은 먼지를 툭툭 털며 가마긴의 옆에 섰다.

"충분히 반성하고 있는 것 같았습니다. 제대로 알아들었을 테니 걱정 마십시오. 그나저나, 준비는 어찌 되어 갑니까?"

가마긴이 고개를 들어 겨울 하늘을 보았다.

"때가 되었다."

가마긴의 말에 놀란 암두시아스가 자기도 모르게 언성을 높였다.

"예? 그럼 이제 천사가 되시는 겁니까?"

가마긴이 천천히 고개를 끄덕이며 무대를 즐기고 있는 사람들의 기운을 느꼈다.

"그래, 곧."

파이몬이 가만히 가마긴의 옆모습을 보며 말했다.

"언제입니까?"

"글쎄, 지금도 칼리엘과 동급의 자리로 바로 갈 수 있다는 것만 알고 있게."

"꽤 많은 성력이 모였나 보군요."

"물의 노래가 컸지. 그로 인해 치유 받은 인간들, 그리고 그들의 가족이 느낀 기쁨. 의사들의 발표와 기자들의 기사를 통해 아직 치료받지 못했지만, 절망 속에 희망을 가지게 된 이들. 그들이 내뿜는 성력이 고스란히 내게 왔다."

"아직 아이의 음악을 들은 이는 한정적입니다. 벌써 그러시다면 아이의 투어가 있을 때쯤에 스트리밍 서비스로 공개되는 앨범이 나오면 더 큰 성력을 가지실 수 있지 않겠습니까?"

가마긴이 왼편으로 고개를 돌리자, 경호 차량에 둘러싸여 다가오고 있는 검은색 밴이 보였다.

건과 일행들이 타고 있을 차량에 시선을 준 가마긴이 팔짱을 꼈다.

"그 후로 쌓일 성력은 아이의 미래를 위한 것이다."

암두시아스가 고개를 갸웃거렸다.

"아이의 미래요? 아, 정말 저 아이를 하급 신으로 만드실 생각이십니까?"

가마긴이 천천히 고개를 끄덕이자, 파이몬이 다급히 물었다.

"바로 데려가실 것입니까?"

"아니."

가마긴이 즉시 부정하자, 안도의 한숨을 내쉰 파이몬이 물었다.

"미카엘과 논의하신 것입니까?"

"그래, 미카엘 역시 구시온과 비슷한 생각을 하더군. 아, 그러고 보니 구시온이 안 보이는구나. 어디 있나?"

"그것이⋯⋯."

"음? 말하게."

머뭇거리는 파이몬을 의아한 눈으로 본 가마긴이 재촉하자 파이몬이 머리를 긁으며 한쪽을 가리켰다.

"그 녀석이 자기가 인간이 된 것이라고 착각을 하는지⋯⋯ 어젯밤에 텐트를 치고 저 안에 있습니다."

"뭐?"

암두시아스가 실소를 흘리며 말했다.

"파이몬 님보다 더한 악마가 있다니 황당하군요, 크크."

무대 바로 앞줄에 있던 지이가 자꾸 누군가가 뒤에서 자신을 밀자 인상을 쓰며 뒤돌아보았다가, 외국인인 것을 확인하고 화들짝 놀라 자라목을 하며 윤희에게 속삭였다.

"언니, 서양 사람이야!"

윤희 역시 뒤에서 열광적으로 뛰며 음악을 즐기는 이태리계 남자를 보며 고개를 끄덕였다.

"무슨 외국인이 한국 걸 그룹에 저리 열광하냐, 케이팝 팬인가?"

"그러게, 아! 이 사람 자꾸 뛰면서 나 밀어대서 힘들어. 언니 영어 잘하잖아, 말 좀 해주면 안 돼?"

"나…… 그렇게 잘하지 못해!"

"아오! 토익 점수만 높으면 뭐해! 외국 사람한테 한 마디도 못하면서!"

"칫! 한국인들 대부분 그렇거든!"

언성을 높이는 두 여자에게 뒤에서 뛰던 외국인이 몸을 내밀며 한국어로 말했다.

"저 때문에 죄송합니다. 조심하겠습니다."

유창한 한국어를 들은 지이와 윤희가 자신들의 말을 다 알아들었다고 생각하고 입을 막았다.

훤칠한 미남이 한국어까지 잘하자 호감이 갔지만, 앞에 한 이야기가 있어서 죄스러워진 윤희가 조심스럽게 말했다.

"죄, 죄송합니다. 한국어를 모르실 줄 알고 저희끼리 이야기한 것인데……."

"하하, 아닙니다. 제가 죄송한 일이지요, 그쪽 아가씨도 죄송합니다."

분명 남자는 한국어를 하고 있지만, 서양인의 외모를 하고 있었기에 드문드문 아는 영어를 하는 지이였다.

"아…… 대…… 대츠 오케이. 아임 파인, 땡큐. 앤유? 와, 와츠 유어 네임?"

말도 안 되는 소리를 지껄이는 지이를 보고 웃던 남자가 씨익 웃으며 말했다.

"구시온이라고 합니다."

♪♫

무려 여섯 팀의 걸 그룹이 무대 위에 올랐다.

사람들은 미리 여덟 시에 공연을 시작한다는 것을 알았기에 케이가 올 시간을 기다리며 심심할 새 없이 무대를 즐기고 있었다.

마지막 걸 그룹이 내려가는 것과 동시에 무대 뒤에서 빠르게 다가오는 검은 밴을 보고 직감적으로 건이 왔다는 것을 눈치챘다.

20만 명이 넘는 관객들의 앞에서부터 엄청난 환호가 터져 나왔고, 사람들이 까치발을 들고 차에서 내리는 사람을 보기 위해 사력을 다했다.

하지만 무대 뒤로 들어가 버린 차는 누가 내리는지 볼 수 없는 사각지대로 향했고, 사람들은 환호와 궁금증 섞인 탄성을 질렀다.

잠시 후 텅 빈 무대에 마이크가 켜지는 미세한 소음이 났다. 웅성거림을 멈춘 관객들이 서로의 입을 막으며 귀를 기울이자, 맑은 미성의 남자 목소리가 서울시청 앞 광장에 울려 퍼졌다.

"Rock in Korea! we're rocking everyday!"

빈 무대에 목소리만 울렸지만, 관객 중 그 목소리가 누구의 것인지 모르는 이는 없었다.

순식간에 20만 인파가 물결치듯 흔들리며, 고성을 내질렀다. 모두가 양손을 하늘 위로 들고 무대 위로 올라올 건을 반겼지만, 무대는 여전히 비어 있었다.

사람들의 환호성이 최고조로 올라온 순간, 앞선 걸 그룹의 무대와는 차원이 다른 엄청난 볼륨의 소리가 터져 나오며 베이스와 드럼의 비트가 찍혔다.

전주만으로도 사람들의 몸이 들썩거려지고, 조금 느리지만 리드미컬한 음악은 20만 관객의 몸을 움직이게 하였다.

모두가 한마음으로 무대에 올라올 건의 모습을 기다렸지만, 무대 뒤에서 처음 올라온 자는 건이 아니었다.

실망할 만도 했던 관객들이었지만 무대에 올라온 남자를 본 관객들은 미친 듯한 함성을 질러댔다.

"스넵 독이다!"

"힙합의 레전드가 한국에 오다니! 이거 실화임?"

스넵이 터질 듯한 비트 위에서 흐느적대며 무대 앞으로 나왔다.

평소에는 항상 저지 차림에 레게 머리를 하고 있는 스넵이었지만, 웬일인지 검은 정장에 드레드 파마를 한 머리를 하나로 질끈 묶고 검은 선글라스를 쓴 그는 무척 멋져 보였다.

깔끔한 옷차림과는 달리 장난스러운 표정을 지으며 브이를 그려 보인 스넵이 특유의 리듬감 있고, 부드러운 목소리의 랩을 내뱉었다.

Sneep Dogg is the name Dogg Pound's the Dog Name.

(Sneep Dogg 이 이름, Dogg Pound가 내 개 이름.)

When I was locked up, I couldn't wait to get loose.

(난 갇혀 지낼 때, 아주 풀려나고 싶어했지.)

Cuz back in the days, on the side where it's at.

(왜냐면 그 시절, 그런 게 있던 쪽에서는.)

A nigga had to have a fat stack.

(난 돈을 엄청 벌어야 했거든.)

Now you can look to the Sun, and spot the moon.

(이제 넌 태양을 보고, 달을 찾아낼 수 있어.)

I'm fuckin up every nigga known in the indistry.

(난 이 분야에서 알려진 모든 놈들을 엿 먹어.)

스넵이 특유의 말투로 랩을 하자, 관객들이 소리를 질러댔다.

"크아아아악! 죽인다! 내 살아생전에 저 사람 공연을 직접 보다니! 얼어 죽을 것 같아도 기다린 보람이 있어!"

"와, 진짜 케이가 얼마나 대단하길래, 저런 사람이 공연하겠다고 한국까지 날아오냐, 그것도 무료 공연을!"

"무료 공연이 중요해? 저 카메라들 봐. 이거 전 세계로 중계 나가고 있을걸?"

관객들의 말처럼 어젯밤부터 설치된 사다리가 관객들 사이에 수십 대 설치되어 있었고, 그 위에 방송용 카메라를 든 카메라 감독들이 무대를 찍고 있었다.

그뿐 아니라, 사람들의 뒤와 옆에 와 있는 외국 방송 중계 차량의 지붕 위에도 수많은 카메라가 촬영을 하고 있었다.

하늘 위에 뜬 헬기 세 대 역시 카메라를 들이밀고 있는 것을 본 관객들은 이 무대가 세계인이 집중하고 있는 무대임을 다시 한번 깨달았다.

스넵이 부드러운 목소리와 달리 과격한 가사를 내뱉자, 무대 뒤에서 스넵과 동일한 정장 차림이었지만, 그와 정반대로 하얀색 정장을 입고, 카키색 비니를 쓴 백인 남자가 등장했다. 그와 동시에 20만 관객이 다시 한번 거대한 함성을 질렀다.

"네미넴이다!"

"랩 갓! 신의 등장이야!"

비트가 바뀌며 느린 드럼 비트 사이사이에 추가 비트가 찍히자, 박자는 변하지 않았지만, 음악이 빨라지는 것 같은 느낌이 들었다.

앞으로 걸어오며 스넵을 노려본 네미넴이 속사포 같은 랩을 내뱉었다.

Look, I was gonna go easy on you and not to hurt your feelings.

(이봐, 네 기분 상하지 않게 봐주려고 했는데.)

It's funny, I can not hear you anymore, Sneep.

(우스워서 더 못 들어주겠네, 스넵.)

And to think I used to think you was the shit, bitch.

(그리고 예전에 내가 널 ×× 최고라고 생각했던 걸 생각하는 것도, 이 ××.)

To think it was you at one time I worshipped, shit.

(내가 한때 우러러봤던 것이 너라는 걸 생각하는 것도, 제길.)

네미넴 특유의 디스 랩이 폭발하자, 스넵이 어깨를 으쓱거렸고, 관객들이 함성을 질렀다.

목에 핏대를 세우고 쉴 틈 없이 랩을 내뱉던 네미넴이 한층
더 소리를 끌어올리며 고음의 랩을 내질렀다.

When I just a little baby boy.

(내가 어린 소년이었을 때.)

my momma used to tell me these crazy things.

(엄마는 이런 이상한 이야기를 늘 하곤 했지.)

I am phenomenal.

(나는 경이로운 존재.)

Unstoppable, unpoppable thought bubbles.

(멈출 수 없어, 터지지 않는 생각 풍선.)

Untoppable thoughts, fuckin' juggernaut that'll.

(능가할 수 없는 생각들, 빌어먹을 괴물.)

Maybe I needed to grow up a little first.

(어쩌면 무엇보다 내가 철이 좀 더 들 필요가 있겠어.)

Well, looks like I hit a growth spurt.

(뭐, 내가 급성장을 했던 것 같아.)

네미넴의 마지막 소절을 폭발할 것 같은 소리로 내뱉으며
몸을 앞으로 숙이자, 음악이 바뀌었다.

드럼과 베이스만으로 비트를 찍어대던 음악은 일렉기타의 멜로디가 추가되며 힙합이 아닌 록 음악 같은 폭발력으로 무대를 집어삼켰고, 무대 뒤 커튼이 열리며, 붉은 벨벳 정장을 입은 건이 모습을 드러내었다.

시청 광장, 20만여 명의 관객들이 파도치듯 움직이며, 서울시가 무너질 듯한 함성이 터져 나왔다.

◈ 5장 ◈
마지막 꿈

　음악은 좀 전까지 트랜디한 힙합, 즉 비트가 강하게 찍히고 몸을 상하로 움직이며 양팔을 들고 흔들거렸던 음악과 완전히 다른 흐름을 탔다.

　마치 90년대 초반, 웨스트 코스트 힙합 같은 리드미컬하고 부드러운 음악으로 바뀐 음들 위에 붉은 벨벳 정장을 입은 건이 몸을 살짝 움직이며 걸어 나와 마이크를 들었다.

　건의 목소리는 어제 생방송에서 보여준 불의 노래에서의 허스키하고 강렬한 목소리도, 바람의 노래에서의 깨끗한 고음도 아니었다.

　한 손을 하늘로 펼치고 관객을 보며 노래하는 건의 목소리는 마치 꿈을 꾸는 아이의 목소리와 같은 미성으로, 이는 마치 어린 천사들이 나팔을 불며 노래하는 듯했다.

어제의 꿈은 오늘의 희망.
내일의 현실.
자연이 꿈을 꾸게 하는 것은.
꿈을 이룰 수 있기 때문이야.
세상은 고통으로 가득 차 있지만.
그것을 이겨내는 일로도 가득 차 있어.
고개를 돌려.
얼굴을 햇빛으로 향하게 해.
그러면 넌 그림자를 볼 수 없을 테니까.

스넵, 네미넴이 랩을 할 때 힘찬 리듬에 맞춰 폼을 잡으며 좀 더 멋진 춤을 춰보려 했던 관객들의 물결이 멈춰 버렸다.

아름다운 건의 목소리를 들은 20만 관객들은 그 물결을 멈추고 무대를 바라보고 있었고, 이는 고스란히 카메라에 담겼다.

그리고 스넵과 네미넴 사이까지 걸어 나온 건이 한 걸음 앞으로 나오며 고개를 하늘 위로 올리며 초고음을 질렀다.

잊지 마, 산은 오르는 사람에게만 정복되는 거야~

아아아아아아!

건의 높은음이 배경이 되고 네미넴이 뛰어나와 관객석으로 한 손을 올리고 빠른 랩을 내뱉었다.

건의 고음이 배경이 되자, 음악은 최고조가 되었고 상기된 네미넴의 빠른 랩까지 합쳐지자 관객들이 다시 함성을 지르며 양손을 높게 들어 올렸다.

마셜 브루스 매더스 3세, 슬림 셰이디.
가족을 버린 아버지 덕에 나는 소울을 얻었지.
희망과 근심, 공포와 불안.
내 앞에 빛나고 있는 하루를.
마지막이라고 생각해.
예측할 수 없는 시간은.
너에게 더 많은 시간을 줄 거야.

건의 고음이 네 단계의 변화를 주며 끝없이 올라가고, 네미넴이 뒤로 물러나자 스넵이 한 발 앞으로 나왔다.

캘빈 코르도자 브로어더스 주니어.
빈민가 태생, 교도소는 내 집.

크립스 갱단의 대마왕.

하지만 지금의 난?

철권 태그 토너먼트 2에도 등장하는.

성공한 래퍼.

그저 첫 발걸음을 떼면 돼.

계단 전체를 올려다볼 필요 없어.

그저 첫 한 발자국만 떼면 돼.

네미넴의 빠른 랩에 이어 스넵의 리드미컬한 랩이 이어지고, 건의 초고음은 계속 높이를 높여갔다.

두 사람이 서로 랩을 하는 도중에 단 한 번도 쉬지 않고 끊임없이 고음을 계속하는 건 덕에 20만 관객은 그야말로 입을 떡 벌렸다.

건은 여러 번의 공연에서 가끔 고음을 보여주긴 했지만, 고음 자체를 즐기는 타입은 아니었기에 잠시 믿을 수 없을 만큼 높은 음역대를 보여주긴 했지만, 이리 오랜 시간 동안 음을 늘이고, 끊임없이 고음을 내지르는 것은 처음이었기 때문이다.

관객 중 일부는 앨범을 구매하고, 이미 땅의 노래를 들어보았지만, 기계의 도움을 받았을 거라 예상했던 이 대목이 라이브로 가능할 것이라고는 꿈도 꾸지 않았었다.

땅의 노래를 처음 들어보는 이들도, 앨범으로 이미 들어본 관객들도 모두 움직임을 멈추고 멍하니 무대를 보았다. 음악이 고조되어 온몸에 소름이 돋았다.

하지만 감히 팔을 들어 팔뚝에 돋은 소름을 볼 겨를도 없던 관객들의 눈에 고음을 멈춘 건이 몸을 앞으로 숙인 후 스넵과 네미넴을 번갈아 보는 것이 보였다.

리드미컬했던 음악이 뚝 멈추고 무대에 적막이 흘렀다.

음악이 끝난 것인지, 계산된 연출인지 알 수 없었다.

하지만 공연이 끝났다 해도 그 누구도 박수를 보내거나 환호할 수 없을 만큼, 시청 앞 광장은 충격에 휩싸여 있었다.

몸을 숙였던 건이 무대 위에서 날아오르자, 스넵과 네미넴 역시 한꺼번에 공중으로 점프했다.

세 사람이 마치 하늘을 날을 듯 높게 뛰어오른 후 바닥에 착지함과 동시에 엄청난 소리의 비트가 찍히기 시작했다.

처음 음악이 시작할 때의 트렌디한 힙합 비트가 다시 흘러나오며 점프했던 세 사람이 힙합 리듬에 몸을 맡기고 춤을 추기 시작했다.

정해진 안무는 없었는지 셋은 그저 음악에 몸을 맡기고 건들거렸고, 그와 동시에 정신을 차린 관객들 역시 하나둘씩 몸을 움직이며, 음악에 몸을 맡기자, 10여 초도 지나지 않아 20만 관객이 다시 물결치기 시작했다.

김창한이 미리 준비해 뒀던 꽃가루와 폭죽이 동시에 터져 나오며 하늘을 수놓자 하늘 위를 바라본 관객들이 양팔을 들어 올리며 환호했다.

막혔던 곳, 스트레스를 받았던 기억들이 뻥 뚫리는지 평소 무대를 보며 소리를 지르지 않는 얌전한 관객들까지 입을 오므리며 어색했지만, 마음속에서 터져 나오는 환호를 질러댔다.

"아아아아악!"

"오길 잘했어! 오길 잘했어! 꺄아아악!"

"미칠 것 같아, 나 어떡해! 누가 나 좀 말려봐!"

말려달라면서도 온몸을 마구 흔들며 점프를 해대는 관객들이 그야말로 미쳐가고 있었다.

헬조선, 헬조선이라고 말했지만, 세상 어느 곳에서도 그 나름대로의 삶의 고충은 있는 법이었다.

모두가 알고 있었지만 비참한 현실 속에 누군가에게 원망의 말이라도 해야 그나마 살아갈 수 있었던 관객들이 마음속으로 스스로의 마음을 다잡았다.

누군가는 공연을 보고 집으로 돌아가면 포기했던 공부를 다시 시작하겠다는 마음으로, 또 누군가는 몇십, 몇백 번을 보았지만, 소식이 없었던 면접에 다시 도전할 것을, 또 누군가는 육아와 돈벌이에 지쳐 내가 ATM 기계가 아닌가 생각했던 스스로의 마음을 고쳐먹었다.

하지만 그러한 생각들은 각자의 마음속에서 이루어지고 있을 뿐, 겉으로 보기에 그들은 엄청난 비트 속에 춤을 추고 있는 무대 위 세 사람과 함께 즐거운 표정으로 춤을 추고 있었다.

공연장 상공을 맴돌고 있는 세 대의 헬기 중, CNN의 로고가 기재된 헬기에 탑승한 한 기자가 20만의 거대한 파도를 보며 상기된 표정으로 카메라를 보며 외쳤다.

"시청자 여러분! 보이십니까? 물경 20만이 넘는 인파가 거대한 파도를 만들어 내고 있는 이곳, 대한민국 서울의 시청 광장은 지금 광란의 도가니입니다! 대한민국에서 처음 공개되는 땅의 노래는 불우한 가정환경을 이겨내고 대스타가 된 네미넴과 스넵 독이 희망을 가지라 마음으로 외치는 곡이었습니다!"

멘트를 끝낸 그가 한 손으로 아래에 보이는 무대를 가리키자 카메라가 기자 뒤에 비친 무대를 클로즈업하였다.

군데군데 촬영을 위한 철제 사다리가 있고, 개미같이 작은 점으로 보이는 사람들의 물결이 앞뒤로 파도치며 일렁였다.

화면이 열광적인 공연장을 찍고 있을 때 목소리만 들리는 기자가 단지 목소리만으로도 그의 감정이 느껴질 듯 떨리고 높은 목소리를 내었다.

"통칭 케이! 한국 이름 김 건. 올해 26세의 젊은 뮤지션인 줄리어드의 케이는 이제 학교의 졸업을 앞둔 루키였지만, 세계인은 이미 알고 있었습니다! 그가 세상의 문을 열고 나올 때 음악계가 뒤흔들릴 것이라는 걸 모두가 알고 있었습니다! 하지만, 그가 보여준 첫 번째 앨범 'The Nature'는 세상이 예상했던 것보다 더 엄청난 것이었습니다! 아직 젊은 뮤지션인 그와 함께 세상을 살아갈 수 있다는 것은 우리 모두에게 큰 행복이 될 것입니다, 여러분! 우리는 케이의 세상에 함께 살고 있습니다!"

TV 앞에서 입을 벌리고 있던 세계인들이 기자의 멘트에 전율했다. 각자 방에서 감동의 눈물을 흘리거나, 소름 돋은 팔을 문지르던 사람들은 TV 앞에서 떠나지 못했다.

같은 시각, 무대의 뒤.
무대 위에서 춤을 추는 세 사람을 보고 있던 병준이 걸려온 전화를 받았다. 시끄러운 음악이 재생되고 있었기에 한쪽 귀를 막고 고함을 지르듯 전화를 받는 병준이 외쳤다.
"네! 여보세요!"
"손린입니다."
"네, 이사님! 조금 크게 말씀해 주시겠어요!"
"네 실장님, 좀 전에 빌보드 차트 쪽에서 연락이 왔습니다."

"아, 네! 뭐라고 하나요?"

"다음 주 차트에 대해 미리 이야기해 주었습니다. 건 씨의 앨범이 차주 차트에서 1위가 예정되어 있다고 합니다."

"와우! 좋은 소식이네요, 하지만 예상한 결과라 그리 놀랍지는 않네요! 하하."

"놀랄 일이 있습니다."

"네? 뭐라고요? 잘 안 들립니다, 이사님!"

손린이 조금 상기된 목소리로 크게 소리를 질렀다.

"불, 물, 땅, 바람의 노래가 빌보드 차트 1위부터 4위를 모두 휩쓸었습니다! 빌보드 차트 역사상 처음 있는 일이라고 합니다!"

한쪽 귀를 막고 전화기를 들고 있던 병준이 전화기를 놓쳤다.

바닥에 떨어진 전화기를 황급히 주어든 병준이 놀란 얼굴로 소리치려는 찰나, 병준이 있던 무대 뒤도, 차 안에서 부러운 눈으로 무대를 보고 있던 김창한도, 무대 위에서 춤을 추는 스냅, 네미넴도, 무대를 진정으로 즐기며 춤을 추고 소리를 질러대는 20만의 관객들도 모두 멈췄다.

하늘에서부터 내려온 흑백의 색이 세상을 덮어버리고, 세상

모든 색이 그 빛을 잃었다.

무대에서 눈을 감고 춤을 추고 있던 건의 귀에 들려오던 땅의 노래가 멈춰 버리자, 눈을 뜨고 공연장을 바라본 건이 몸을 멈추고 하늘을 보았다.

하늘 위에서 검고 거대한 소용돌이가 치고, 검은색과 보라색이 섞여 있는 소용돌이 속에서 검은 구두 한 쌍이 보였다.

검은 구두는 차콜색 정장 바지를 드러내며 계속 내려왔고, 길게 뻗은 다리가 내려온 후 같은 색 베스트에 드레스 셔츠를 입은 남자가 검은 가죽 장갑을 낀 손을 아래로 늘어뜨렸다.

멈춰 버린 세상, 색을 잃은 세상을 가만히 바라보던 건이 하늘에서 내려오고 있는 남자에게 조용히 시선을 던졌다.

마침내 선글라스를 쓴 긴 장발인 남자의 얼굴이 드러나고, 천천히 하늘에서 내려오는 그가 무대 아래서 자신을 기다리는 건을 보았다.

천천히 움직여 선글라스를 벗은 그의 얼굴은 건과 무척 비슷했다.

단지 긴 머리가 다를 뿐 누가 보면 아버지와 아들, 혹은 형이라고 해도 믿을 만큼 꼭 닮은 두 사람이 20만 관객이 멈춰 버린 무대 한가운데에 마주했다.

춤을 추다 멈춰 버린 네미넴과 스넵의 표정은 즐겁게 무대를 즐기는 표정이었지만, 색을 잃고 멈춰 버린 그들의 모습은 무척 생소했다.

잠시 그들을 본 건이 남자에게로 시선을 던졌다. 아무 말 없이 한참이나 건을 보던 남자가 한 발 앞으로 나와 건의 어깨에 손을 올렸다.

낯선 이가 시간을 멈추고 하늘에서 내려와 자신의 몸에 손을 댔지만, 왜인지 그가 자신에게 해를 끼치지 않을 것이라는 믿음을 가지고 있던 건은 그저 그가 하는 것을 가만히 지켜보고 있었다.

검은 장발의 남자가 보라색 빛이 일렁이는 눈으로 건의 눈을 직시하며 입을 열었다.

"반갑구나, 나의 아이야. 사랑하는 나의 아들아."

한 명의 악마, 한 명의 인간을 제외한 모든 것이 멈춰 버린 흑백의 세상.

20만 관객들이 춤을 추고 점프를 하던 자세 그대로 멈춰 있고, 하늘에 날아가던 헬기도 모두 멈춰 있었다.

비현실적인 광경 속에 서 있던 건은 이러한 상황에 당황할 만도 했고, 갑자기 나타난 가마긴에게 경계를 보낼 수도 있었지만, 이상하게 익숙한 그의 모습을 본 건은 조금 다른 질문을 던졌다.

당연히 당신은 누구인가, 이곳은 왜 이렇게 되었는가, 당신이 이렇게 만들었는가에 대한 질문을 던졌어야 했지만, 건의 입에서 나온 질문은 의외였다.

"우리 아는 사이지요?"

가마긴 역시 의외라 생각했는지 눈썹을 꿈틀거리며 건의 얼굴을 보았다.

당황함도 황당함도 묻어 나오지 않는 건의 표정에는 그저 평온함만 있는 것을 본 가마긴이 고개를 살짝 끄덕이자, 건이 잠시 숨을 고른 후 말했다.

"우리 오래 아는 사이지요?"

이번에도 역시 가마긴이 고개를 끄덕이자, 건이 물었다.

"누구십니까?"

이제야 정상적인 질문을 하는 건을 본 가마긴이 실소를 지었다.

"이제야 묻는군."

가마긴이 싱거운 웃음을 짓는 것을 가만히 보던 건이 살짝 고개를 끄덕였다.

"저와 무척 닮으셨네요."

"그래 당연하겠지. 너를 만든 것은 너의 인간 부모였지만, 네 살 무렵 이후 너의 생김새와 영혼은 내가 다듬어냈으니까. 자라가며 나를 닮아가는 것이 당연하다."

"당신이 나를 다듬었다는 말씀인가요? 혹시 신이세요?"

"후훗, 아니야."

"신도 아닌 존재가 저를 다듬어 낼 수 있나요? 그럼 천사?"

"크큭, 그래. 이제 곧 천사가 되겠지."

"그러시군요. 천사라…… 어릴 때부터 누군가 끊임없이 귓가에 외치는 것 같았어요, 음악을 하라고. 음악으로 세상 사람들에게 행복을 주라고요. 그게 당신이었나요?"

"그래, 나였다."

"왜 그러셨나요?"

"왜일 것 같으냐?"

건이 고개를 숙이고 잠시 생각에 잠겼다. 한참 고개를 갸웃거리며 생각해 보던 건이 어느 순간 피식 웃으며 어깨를 으쓱했다.

"생각해 보니 아무래도 상관없네요. 전 제 의지로 음악을 했으니까요."

가마긴이 살짝 미소를 지으며 말했다.

"네 의지? 그것이 네 의지인지 어찌 확신하느냐?"

건이 자신과 비슷한 가마긴의 얼굴을 마주하고 같은 미소를 보냈다.

"지금 이렇게 즐거우니까요."

가마긴이 천천히 고개를 끄덕이며 더 짙은 미소를 지었다.

"그래, 그렇다면 되었다."

"왜 오셨나요?"

"왜 왔을 것 같으냐?"

건이 자신의 질문을 질문으로 되받는 가마긴에게서 고개를 돌려 멈춰 버린 세상을 둘러 보았다.

"글쎄요, 아마도 뭔가 중요한 때가 되었으니 모습을 드러낸 것이 아닐까요?"

가마긴이 팔짱을 끼며 무대 앞으로 나서 멈춰 있는 세상을 함께 바라보았다.

"그래, 맞다. 그리고 아마 오랫동안 너를 보지 못할 것이다."

"왜요?"

가마긴이 피식 웃으며 건의 어깨에 손을 올렸다.

"이직하거든. 신입사원연수 같은 거라고 생각해라. 몇십 년 짜리 연수지만."

건이 가마긴의 옆모습을 보며 물었다.

"오랫동안 나를 보지 못한다라…… 그렇다면 지금까지 항상 절 보고 계셨다는 것이군요."

"네가 있는 곳이라면 어디든 내가 있었다. 네가 무엇을 하든 널 지켜보았지. 어떤 때는 네 주변을 움직여 길을 빠져나가려 는 너를 붙잡았을 때도 있었고, 네 앞에 직접 마주한 적도 있 었단다."

"기억에 없군요."

"그래, 기억이 없겠지. 그래야만 하니까."

"이번에도 전 기억을 못 할까요?"

"왜, 기억하고 싶은가?"

"오래 못 본다면서요, 처음 만난 것 같지만 실은 처음이 아니라면서요."

"그게 뭐가 문제이지?"

건이 가마긴의 얼굴에 시선을 고정한 후 말했다.

"슬프잖아요."

가마긴이 멈춘 세상을 바라보다가 건에게로 고개를 돌렸다.

"무엇이?"

"아무도 기억하지 못한다는 거요. 분명 당신을 기억하는 사람은 없겠죠?"

"으음…… 그렇지."

"나라도 기억해 주면 좋잖아요, 안 그래요?"

"후후, 그런가?"

"기억…… 지우지 말아요. 언젠가 깨달으면 그때 전 상처 받고 당신은 외로워지니까요."

"후후, 그래. 그러지."

"이제 절 지켜봐 주시지 못하는 건가요?"

"그래, 하지만 내 대신 지켜봐 줄 존재들이 많아. 걱정 말거라."

"그들도 내가 엇나가지 않게 바른길을 인도해 줄까요?"

"후후, 걱정 말거라. 그들이 누군지 알면 크게 놀랄 것이란다."

"누군데요?"

"크크, 다 알려주면 재미없지."

"쳇, 치사하시네요."

"나에게 치사하다고 말한 건 네가 처음이군."

"그래요? 되게 치사하신데요?"

"크크, 그래. 그런가 보구나."

조카가 삼촌에게, 혹은 아들이 아버지에게 투정 부리듯, 아버지가 아들에게, 삼촌이 조카의 귀여운 투정을 받아주는 듯 이어지는 그들의 대화는 별 내용이 없었지만 왜인지 그와의 대화에서 즐거움과 그리움을 느끼는 건은 가마긴이 대화를 끝내고 금방 돌아가 버릴까 봐 조바심이 났는지, 대화를 끊지 않고 끊임없이 이어나가려 했다.

"네 살 때부터 제 옆에 계셨다고요?"

"그래, 꿈에서 만난 아이들은 나의 힘으로 만난 것이었지."

"꿈…… 그랬군요. 그런데 궁금한 것이 있어요."

"뭐지?"

"꿈에서 만난 존 레논, 엘비스 프레슬리, 지미 핸드릭스, 라흐마니노프와 차이콥스키. 이분들 말이에요."

"그래, 말해라."

"보통 꿈에서 만나면 저한테 뭔가를 가르쳐 주고, 현실에서 그 사람들의 능력을 사용하고…… 뭐 그래야 하지 않나요?"

"후후, 소설을 많이 봤구먼."

"소설이라고 말씀하셔도 좋아요. 그런데 전…… 지미 핸드릭스에게 기타의 기초를 배운 것 말고는 그들과 대화만 했지, 뭔가 배운 것이 없거든요. 왜 그 사람들을 만나게 하신 것인가요?"

가마긴이 건의 어깨에 손을 얹은 후 하늘을 보았다. 자기도 모르게 그를 따라 하늘로 고개를 든 건이 자신과 같은 곳을 보자 가마긴이 입을 열었다.

"정말 배운 것이 없었단 말이냐?"

"기술적인 부분은 배운 것이 없어요. 음악에서 색을 보는 눈 역시 그들에게 받은 것이 아니고요, 아! 이것도 당신이 주신 것인가요?"

"후후, 그래. 정확히는 내가 다른 녀석에게 부탁해서 받아낸 것이지만."

"그랬군요……."

"그래, 이제 질문에 답을 하지."

가마긴이 건의 어깨에서 손을 내리고 팔짱을 꼈다.

"능력, 혹은 기술이라고 말하는 유용한 것에 대한 배움은 세상을 살아가는 데에 있어 매우 중요하지. 네가, 혹은 다른 인간들이 밥을 먹고 살아가게 해주는 것이니까 말이야. 그런 데 그 기술과 능력을 어떻게 사용해야 하는지는 아무도 알려주지 않아. 도덕이나 윤리 교과에 나오는 것은 두루뭉술한 표현일 뿐이지 세상에 존재하는 수많은 능력에 대해 세세히 그 사용방법을 설명해 주지 않지."

긴말을 한 가마긴이 하늘을 보며 자신의 말을 듣고 있는 건에게 말했다.

"엘비스 프레슬리를 만났을 때 너는 노래를 하는 즐거움을 배웠다. 노래하는 스킬이 아닌 그 즐거움을 배우게 되었지. 지미 핸드릭스를 만났을 때 너는 기타라는 악기를 다루는 즐거움을 배웠고, 그때 너의 그 눈을 얻었단다. 존 레논을 만났을 때 너는 음악에 어떤 사상을 담아내야 하는지 배웠고, 차이콥스키와 라흐마니노프를 만나 능력을 폭발시키려면 어떻게 해야 하는지 배웠다."

가마긴이 하늘을 보고 있는 건의 옆 모습을 보며 물었다.

"이래도 배운 것이 없느냐?"

하늘을 보던 건이 피식 웃었다.

"아니요, 많은 걸 배운 것이었군요."

건을 따라 웃은 가마긴이 몸을 돌려 무대의 중앙으로 향하자, 건이 다급히 말했다.

"아직 물어보고 싶은 것이 많아요!"

직감적으로 그가 돌아가려 한다는 것을 눈치챈 건이 다급히 말했지만, 여유로운 표정을 지은 가마긴이 건에게로 돌아섰다.

"너와 나에게 남겨진 시간은 억겁의 시간이다. 대화를 나눌 시간은 충분할 게야."

"어디로 가시려고요?"

답 없이 짙은 미소를 지은 가마긴이 안 주머니에서 파랗고 성스러운 기운이 흘러나오는 둥근 구슬을 꺼내 들었다.

"내가 있던 곳으로."

가마긴이 구슬을 높이 들었다가 자신의 심장 어림에 강하게 내려치자, 구슬이 깨어지며 상서로운 기운이 세상을 뒤덮었다.

기의 소용돌이라고 할 만한 엄청난 기운이 무대를 중심으로 세상으로 뻗어 나갔다가, 다시 한번 가마긴의 몸으로 흡수되자, 가마긴의 옷이 하얀색으로 변하고, 그의 검은 장발이 금발로 변했다.

천천히 양팔을 펼친 가마긴의 몸이 공중으로 서서히 날아오르고 그의 등에서 검은 네 쌍의 날개가 펼쳐졌다.

검은 깃털이 휘날리며 세상에 뿌려지고, 날개에 있던 모든 깃털이 빠져나오자, 그 자리에서 하얀 깃털이 다시 솟아올랐다.

금빛 기운을 몸에 감고 공중에 떠 건을 내려다보던 가마긴의 입이 열리자, 지금까지 인간의 목소리를 내던 가마긴의 목소리가 변했다.

마치 수천 명이 한꺼번에 한목소리로 말하는 듯 웅장한 소리가 건의 귀에 벼락 치듯 내려꽂혔다.

"내 아이야, 고맙구나. 기다리마, 다시 만날 그날을."

건이 아직 바람에 휘날리고 있는 검은 깃털 하나를 잡으며 가마긴을 바라보자, 그가 천천히 하늘 위로 올라갔다.

아주 천천히 올라가던 그는 어느 순간 금빛으로 화해 사라져 버렸고 무대에 홀로 남은 건이 손에 잡고 있는 검은 깃털을 감싸 쥐며 나직하게 중얼거렸다.

"잘 가요, 언젠가 또 만나요."

흑백으로 멈춰진 세상, 유일하게 색을 가진 두 명의 남자가 시청 옥상에서 건을 내려다보고 있었다.

가마긴이 사라졌지만, 여전히 멈춰 있는 세상은 건의 마지막 마음을 정리할 시간을 주려는 듯 다시 흘러가지 않고 있었다.

"이제 가신 겁니까, 파이몬 님?"

갈색 머리 남자가 옥상의 난간에 팔을 기대고 묻자, 난간에 엉덩이를 걸치고 위태로운 모습으로 앉아 있던 금발의 파이몬이 하늘로 사라진 가마긴을 보며 조금 쓸쓸한 표정으로 말했다.

"웅, 가셨네."

"이제 보기 어렵겠지요?"

"후후, 그러게."

쓸쓸해 보이는 파이몬을 힐끔 본 암두시아스가 옥상 문이 열리는 소리에 고개를 돌리자, 문고리를 잡고 선 구시온이 보였다. 복잡한 표정으로 둘을 본 구시온이 다가오며 말했다.

"진짜 가능한 일이었군."

파이몬이 실소를 지으며 말했다.

"가능하지 않았다면 시작도 안 했겠지. 저분이 누구라고 생각하는 거냐?"

파이몬에게 가마긴이 어떤 존재였는지 알고 있던 구시온이 난간에 앉은 파이몬의 등을 툭 치며 말했다.

"인상 펴라, 가마긴 각하가 사라지셨으니 서열도 한 단계 올라가게 되었잖아."

"크큭, 기쁘냐?"

"그래, 기쁘다 자식아."

"마음에도 없는 소리 하는군."

"쳇, 눈치 빠른 녀석."

"아이의 수명이 다 되는 날까지는 함께 지켜봐 줄 거지?"

"당연하지."

"고맙다. 구시온."

"널 위함이 아니다."

"크큭, 그래. 어찌 되었건,"

세 악마가 내려다보는 멈춰 버린 세상의 무대 위에 홀로 서서 검은 깃털을 잡고 눈을 감은 건의 입가에 따뜻한 미소가 번졌다.

가만히 건을 내려다보던 암두시아스가 웃음을 지으며 말했다.

"풉, 저거 뭐 알고 웃는 걸까요?"

구시온이 미소를 지으며 건을 보았다.

"글쎄, 자세히는 모르겠지만 어렴풋이 알고 있겠지."

◈ 6장 ◈
무대가 끝나고 난 뒤

　추운 겨울.

　맨하탄 시내를 질주하는 밴 한 대가 차가 없는 도로를 맹렬한 속도로 달렸다. 뭐가 그리 바쁜지 클락션을 울려대며 달리는 차 안에서 운전을 하던 백인 남자가 조수석에 앉아 안전바를 잡고 있는 남자에게 물었다.

　"벤! 지금 몇 시야?!"

　벤이라 불린 남자가 안전바를 놓지 않은 채 힘겹게 손목시계를 본 후 말했다.

　"약속 시간 3분 남았습니다, 리치 감독님!"

　리치라 불린 남자는 카메라 감독인 듯 검은 모자에 목에 헤드폰을 걸고 있었고, 공구를 넣은 조끼를 입고 있었다.

식은땀을 흘리며 운전대를 마구 돌리던 남자가 더욱 강하게 악셀레이터를 밟으며 소리쳤다.

"제길! 늦으면 큰일인데!"

"다 왔잖아요, 여기서 코너 돌면 바로 그 저택입니다."

"알아! 10분 전에 가서 대기해도 시원치 않은데 시간 딱 맞춰가면 좋아도 하시겠다!"

"그, 그러게요."

"이게 너 때문이야, 이 자식아! 하필이면 오늘 같은 날 설사병이 나서 화장실을 다섯 번이나 갈 게 뭐야!"

"그, 그게 제 마음대로 되나요, 어디…… 죄, 죄송합니다."

"하여간! 그분이 화내시면 넙죽 엎드리기나 해!"

"예…… 알겠습니다."

"대본 다 읽었지?"

"예, 그런데 좀 수정해야 할 부분이 있어요."

"응? 뭐?"

벤이 두꺼운 대본 한 부분에 펜으로 동그라미를 치며 말했다.

"여기 이 부분 말입니다. 노벨 문학상 3회 수상이라고 쓰여 있는 부분 말이에요."

"어, 그분이 받으신 것 맞잖아?"

"확인해 보니 4회예요, 이번 문학상도 그분이 받는다고 합니다."

"헉, 그래? 확실한가?"

"네, 맞아요. 협회에 문의하고 확답받았습니다."

"그분도 아시고?"

"예, 듣기로는 이미 내정자로 연락받으신 것으로 알고 있어요, 사실 경쟁자도 없잖아요."

"하긴…… 문학 쪽으로는 타의 추종을 불허하시는 분이니까 그분께 상이 가는 것이 당연하겠지. 이미 알고 계신다면 그렇게 바꿔둬."

"네, 감독님."

벤이 서류에 펜으로 체크를 한 뒤 문득 창밖을 바라보다가 황량한 철거 건물 하나를 가리키며 물었다.

"어? 여기 아이스크림 집 없어졌어요?"

리치가 조수석 쪽 창밖을 힐끔 본 후 다시 운전을 하며 말했다.

"어, 한 6개월 전쯤에 없어졌을걸?"

벤이 아쉽다는 듯 입맛을 다셨다.

"에이, 어릴 때부터 있던 곳이라 어머니와 추억이 있었는데, 아쉽네요."

"그러게. 듣기로는 그 집 80년이나 장사를 했다던데, 아쉬워."

"왜 문 닫았다는데요?"

"대를 이어 장사를 하던 곳이었는데, 얼마 전에 마지막 주인이 노환으로 돌아가시고, 그 딸은 아이스크림 가게를 이어받지 않겠다고 했대, 변호사가 된다던데?"

"그래요? 쩝, 거기 아이스크림 한 번 더 먹어봤으면 좋겠네요. 그런데 감독님은 어찌 그리 자세히 아세요?"

"인터뷰 잡을 때 그분이 여기 아이스크림을 좋아하신다고 해서 미리 와봤다가 문을 닫았길래 관리인한테 물어봤었어."

"예? 일흔이 넘은 할머니가 무슨 아이스크림을 좋아한대요?"

"그분도 너처럼 어릴 때부터 그 가게에서 아이스크림을 드셨겠지. 아이스크림이 아니라 추억을 드신 것 아닐까?"

"음…… 그렇군요. 아! 다 왔네요!"

두 사람의 눈에 웅장하고 거대한 저택의 모습이 드러났다. 무서워 보이는 인상의 남자들이 검은 정장을 입고 지키고 있는 입구에 다다른 차가 멈추자 차의 운전석 창문을 두드리는 남자를 본 리치가 창문을 열고 말했다.

"오늘 촬영하기로 한 뉴욕 리포트의 리치입니다. 미리 선약이 되어 있습니다만."

얼굴에 뱀 문신을 한 남자가 차 안으로 고개를 들이밀며 조수석에 앉아 있는 벤을 힐끔 보았다.

"신분증 좀 보여주시죠."

"아, 예! 여기 있습니다, 벤! 너도 어서 보여 드려."

두 사람의 신분증을 확인한 남자가 입장을 허가하자, 거대한 저택 문이 열리며 저택까지의 길이 뚫렸다.

저택 내부에 경비견을 데리고 순찰을 하는 남자들을 본 벤이 식은땀을 닦으며 말했다.

"휴, 진짜 여긴 두 번째 오는 건데도 항상 긴장되네요."

천천히 차를 몰아가던 리치 역시 긴장하기는 마찬가지였는지 소매로 이마를 닦으며 말했다.

"세상이 알면 난리 날 일이지, 그나마 언론이 쉬쉬해서 일반인은 모르지만 말이야. 어쨌든 늦었으니 빨리 가자. 올리비아는 도착했대?"

"네, 아까 통화했는데, 이미 장비 깔아두고 준비해 됐다고 했어요."

"알았어, 내려."

저택 앞에 차를 대자마자 뛰어나온 삼십 대 여성이 차 트렁크를 열어 짐을 내려주며 외쳤다.

"감독님! 왜 이렇게 늦게 오셨어요! 기다리시잖아요!"

"아아, 미안해. 올리비아. 사정이 좀 있었어."

"무슨 사정이요! 얼마나 어렵게 잡은 인터뷰인데요, 회사에서도 이번 인터뷰에 공들인 것 모르세요?"

리치가 엉거주춤 내리는 벤을 째려본 후 말했다.

"사정이 있었다니까, 더러운 사정이라 듣고 싶지 않을 테니, 넘어가. 나중에 밥 살게."

"에휴, 알았어요. 빨리 짐 내리시고 메인 카메라 세팅해 주세요."

"아아, 알았어."

큰 카메라 장비를 바리바리 싸 들고 저택으로 들어가려는 리치를 올리비아가 돌려세웠다.

"거기 말고요, 저쪽 별채에서 인터뷰 진행할 거예요."

"응? 여기가 아니야?"

"네, 그분께서 별채에서 하자고 하셔서요. 장비도 다 그쪽으로 깔아놨어요."

"알았어. 벤! 빨리 가자!"

낑낑대며 짐을 들고 별채로 가던 벤이 겨울이라 앙상하게 가지만 남겨져야 할 정원에 여러 색 꽃이 흐드러지게 핀 것을 보고 물었다.

"와, 겨울에 꽃이 피네. 이건 무슨 꽃이래요?"

올리비아가 큰 가방을 들고 별채 앞에 내려놓은 후 잠시 쉬려는 듯 숨을 몰아쉬었다.

"시클라멘 꽃이에요."

"시클라멘? 처음 들어보네요. 원래 겨울에 피는 꽃인가요?"

"네, 그분의 어머님이 좋아하시던 꽃이래요."

"예쁘네요."

"호호, 어울리지 않게 꽃을 좋아하시나 봐요?"

"하하, 네. 꽃을 보면 정신을 못 차리죠. 이건 무슨 꽃말을 가지고 있나요?"

올리비아가 가장 가까운 꽃의 꽃잎을 조심스레 만지며 말했다.

"빨간색 시클라멘은 '당신이 너무 아름다워 염려된다'라는 뜻을 가지고 있고, 흰색 시클라멘은 '상냥한 마음씨의 임자'를 뜻한다고 해요. 그래서 사람들이 시클라멘의 꽃말을 '수줍음'이라고 많이 알고 있죠. 흰색 시클라멘이 '수줍음'이라는 의미를 갖게 된 이유는 흰색 꽃이 땅을 쳐다보고 있어서 마치 순결하고 수줍은 소녀가 연상되었기 때문이라고 해요."

벤이 고개를 끄덕이며 꽃들을 보았다.

정원 주인의 고결한 취미가 반영되는 듯 아름답고 고고한 꽃들은 한겨울 매서운 바람과 한파 속에서도 무척이나 아름다웠다.

꽃을 바라보던 올리비아가 화들짝 정신을 차리며 말했다.

"엄마야, 순간 정신을 놓을 뻔했네! 빨리 가야 해요!"

올리비아가 이미 안으로 들어간 리치를 따라 짐을 옮기자, 벤이 혼자 서서 아쉬운 눈으로 꽃을 바라보다가, 꽃들 한가운데 있는 하얀 그네를 보고, 그쪽으로 다가갔다.

장비 체크를 해야 할 스텝들과 달리 그는 인터뷰를 진행하는 리포터였기에 사전에 대본을 숙지한 그는 딱히 할 일이 없었기 때문이다.

하얀 그네로 다가가 감히 위에 앉지는 못하고 쇠사슬로 이루어진 그넷줄을 잡아본 그가 중얼거렸다.

"이게 그 그네구나."

수많은 작품 속에 언급되었던 하얀 그네를 직접 본 벤이 감회에 찬 눈으로 중얼거렸다.

"첫 번째 인터뷰가 본채에서 진행되는 바람에 보지 못했던 거였지. 무척 보고 싶었는데 말이야."

마치 그리운 누군가를 보듯 그네를 쓰다듬은 벤이 그네 옆에 서서 시클라멘 꽃들을 둘러 보았다.

"2053년도 작품이었지? '꽃과 그네는 그리움과 사랑을 남기고'라는 작품에서 나왔던 곳이 여기구나. 그녀가 처음 노벨 문학상을 받은 작품이었지. 그 작품에 나왔던 그의 향기가 배어 있는 꽃이란 것이 바로 이 시클라멘이었구나."

자신이 사랑하는 문학작품이나, 영화에 등장하는 장소를 직접 보는 것은 누구에게나 즐거움을 준다.

감히 사진을 찍지는 못했지만, 눈에 담아두겠다는 듯 꽃을 보던 벤이 다시 별채 문을 열고 나오는 올리비아에게 고개를 돌렸다.

"벤! 빨리 와요!"

"아, 알았어요."

벤이 별채 문을 열고 들어가자, 맨 먼저 한 여인의 사진이 보였다.

밀짚모자를 쓰고 환하게 웃고 있는 그녀는 무척 아름다웠지만, 누구인지 알 수 없었다.

잠시 사진 앞에 선 벤이 팔짱을 끼고 유심히 사진을 들여다보자, 올리비아가 옆에 서며 말했다.

"그분이 곧 오실 거예요. 대본 숙지는 다 하셨어요?"

"음, 네. 다했으니 여유 부리고 있지요."

"실수하시면 안 돼요, 아시죠? 국장님이 그분 다리를 잡고 늘어져서 겨우 얻어낸 인터뷰 자리라고요. 원래 인터뷰 잘 안 하시는 분이잖아요."

"예, 예. 여부가 있겠습니까? 하하, 그런데 이 사진 속 여인은 누구인가요? 그분은 어린 시절부터 봐와서 잘 아는데, 이런 모습이 아니었는데요."

"어머님이래요, 어릴 적 돌아가셨다고 하시더라고요."

"음, 그렇군요. 그분이 어머님을 닮아 그토록 아름다우셨던 거군요."

"그렇죠? 저도 처음에 사진 보고 무척 놀랐어요. 자, 인터뷰는 저쪽 피아노를 배경으로 진행될 거에요."

"오! 그 피아노 말인가요?"

"호호, 네. 그 피아노예요. 방송 나가면 아마 큰 화제가 되겠죠."

벤이 급히 다리를 움직여 하얀 창틀을 가진 창문 옆에 놓인 낡았지만 반짝거리는 그랜드 피아노 앞에 서서, 조심스레 피아노의 검은 몸체를 만졌다.

"2040년도 작품이었죠? '피아노의 노래'라는 작품 참 좋아했는데 말입니다."

올리비아 역시 고개를 끄덕이며 감격에 겨운 눈으로 말했다.

"맞아요, 제가 그분 작품을 처음 접한 것도 그때였죠. 그때 전 하이스쿨에 막 들어간 어린 나이였는데, 그 작품을 보고 나서 그분의 모든 책을 다 봤답니다.

그래서 여기 와서 이 피아노를 보고는 벤 당신처럼 한동안 움직이지 못하고 그저 바라만 봤었죠."

"후후, 내가 이걸 실제로 보다니 감회가 새롭네요."

"음악의 신이 된 남자와 문학의 여신이 함께 앉았던 자리니까요. 얼마 전 중국의 부자가 이 피아노를 사겠다고 몇천만 달러를 제시했다던데, 그래도 안 팔았대요."

벤이 눈살을 찌푸리며 말했다.

"하여간 돈 많은 인간은 돈이면 다 되는 줄 알지요, 도대체 여기 담긴 의미와 역사가 얼마나 가치 있는 것인지 알고 그랬답니까? 박물관에 보내도 시원치 않을 피아노를 개인이 가지려 하다니, 에잉!"

"호호, 그러게 말이에요. 이제 준비하세요."

올리비아의 재촉에 피아노 앞에 놓인 1인용 소파 두 개 중 왼쪽에 앉아 대본을 읽어보던 벤이 준비하던 스탭들이 소란스러워지고 장비를 체크하던 올리비아가 벌떡 일어나 입구 쪽으로 가는 것을 보고 고개를 돌렸다.

별채 문에 여러 명의 남자에게 보호를 받으며 들어오는 키가 큰 70대 중반의 할머니를 본 벤이 벌떡 일어나 달려가 말했다.

"아이고! 안녕하십니까! 두 번째 뵙습니다, 뉴욕 리포트의 벤 니콜라스입니다!"

꽤 연세가 들었지만, 키가 크고 날씬한 할머니가 주름진 얼굴이었지만 고운 웃음을 머금고 손을 내밀었다.

"또 만나서 반가워요."

벤이 할머니였지만 여전히 아름다운 그녀를 보며 얼굴을 붉혔다. 할머니였기에 여인으로서의 감정은 생기지 않았지만, 동경하는 문학가를 본 팬의 심정으로 가슴을 두근대던 벤이 소파로 자리를 안내하며 말했다.

"이쪽에서 인터뷰를 진행하시죠, 키스카 미오치치 선생님."

키스카가 벤과 함께 별채의 소파에 앉자 미리 대기하고 있던 스탭들이 즉시 카메라를 테스트하고, 달려온 오디오 감독이 마이크를 채웠다.

키스카에게 마이크를 채워줄 때 극도로 어려워하던 오디오 감독은 손을 떨며 그녀에게 마이크 줄을 채우다가 결국 키스카가 직접 마이크를 채우게 해 리치 감독에게 혼이 났다.

한참 준비 시간이 지속된 후 상황이 조금 안정되자 리치가 메인 카메라 옆에 있는 올리비아를 보았다.

가장 베테랑 카메라 감독이라 존중받고 있지만, 이 프로그램의 메인 PD는 올리비아였기 때문이다.

상황 전체를 체크 한 올리비아가 리치의 옆으로 와 물었다.

"감독님 준비되셨죠? 오디오, 조명 준비됐죠?"

주위를 둘러보며 각 파트의 감독과 눈빛을 주고받은 올리비아가 벤과 키스카를 보며 말했다.

"벤? 대본대로 가주시면 됩니다. 미오치치 선생님. 그럼 잘 부탁드립니다."

벤이 고개를 슬쩍 끄덕이는 것으로 답을 대신했고, 키스카는 곱게 웃으며 말했다.

"키스카라고 불러주시면 돼요."

벤이 헛기침을 하고, 살짝 고개를 끄덕인 후 올리비아의 큐 사인에 맞춰 입을 열었다.

"안녕하십니까, 시청자 여러분. 뉴욕 리포트 창사 200주년 특집 프로그램. '두 명의 신이 사는 그곳'의 진행을 맡은 벤 리치몬드입니다."

벤이 자연스럽게 손을 들어 소파 주변을 가리키며 말했다.

"아직 제가 이곳에 앉아 있다는 것이 믿기지 않습니다. 하하, 방송 관련 일을 하게 된 것이 오늘처럼 영광스럽고, 자랑스러운 적이 없군요. 소파 뒤 저 피아노 보이십니까? 피아노 뒤의 창밖에 흐드러지게 핀 시클라멘 꽃과 하얀 그네가 보이시나요?"

올리비아가 손을 흔들자, 메인 카메라는 그대로 두고 다른 카메라들이 벤이 말하는 곳을 찍기 시작했다.

다른 카메라가 움직였지만, 여전히 메인 카메라는 자신을 찍고 있는 것을 아는 벤이 차분히 설명을 보탰다.

"여러분의 기억 속에도 있을 것입니다. '피아노의 노래', 그리고 '꽃과 그네는 사랑과 그리움을 남기고'라는 작품 속에 나왔던 장소가 바로 이곳입니다. 그리고 최근 출판된 '글의 노래'라는 작품에도 나오는 곳이지요. 이제 오늘의 초대 손님이 누구신지 다들 눈치채셨겠죠?"

메인 카메라의 렌즈가 뒤로 밀리며 벤의 바스트샷을 찍고 있던 카메라가 소파 전체를 풀샷으로 잡자, 70대 노인이라고는 믿어지지 않을 만큼의 아름다움을 간직한 키스카가 카메라 안으로 들어왔다.

이 연령대에는 보통 머리가 하얗게 세는 것이 일반적이었지만, 그녀는 여전히 아름다운 금발 머리를 하나로 곱게 묶어 내리고 있었고, 회색 스웨터와 갈색의 통이 넓고 긴 스커트를 입고 양 무릎에 손을 얹은 채 허리를 곧게 펴고 카메라를 보며 웃었다. 벤이 올리비아의 수신호를 본 후 말했다.

"안녕하세요, 선생님? 키스카 선생님이라고 부르면 되겠지요?"

키스카가 고운 웃음을 지었다.

눈가에 자글자글 주름이 져 있었지만, 젊은 시절 얼마나 아름다운 미모를 가지고 있었는지 70대가 된 지금도 아름다움을 잃지 않는 그녀를 멍하게 보고 있는 벤이었다.

"호호, 네 그러세요."

키스카의 웃음에 잠시 정신이 혼미해졌던 벤이 조금 시간을 두고 말했다.

"아…… 예, 아! 죄송합니다. 선생님이 너무 아름다우셔서 제가 잠시 정신을 빼앗겼군요."

"호호, 말씀만으로 고맙습니다. 다 늙은 할머니가 뭐가 예쁘겠어요?"

"아닙니다, 선생님. 진심입니다."

"호호, 고마워요."

벤이 무릎 위에 올려둔 대본을 자연스럽게 넘기며 말했다.

"프로그램 제목에 대해 말씀드린 바 있는데, 이 프로그램은 특집 방송으로 제목은 '두 명의 신이 사는 그곳'이라는 제목을 붙였습니다. 시청자 여러분도 다들 눈치채셨지요? 바로 문학의 여신이라 불리는 키스카 미오치치 선생님과 음악의 신, 케이가 살던 저택에서 인터뷰를 진행하고 있습니다."

건의 이름이 나오자, 미소를 짓고 있던 키스카의 표정이 어딘가 슬퍼 보였다. 잠시 그녀의 표정을 살핀 벤이 조심스레 말을 꺼냈다.

"먼저…… 선생님, 이번에 다시 노벨 문학상을 받게 되신 것을 축하드립니다. 방송이 나갈 시간이 되면 이미 상의 주인이 발표된 후이니, 편하게 말씀하시면 됩니다. 최다 수상자 타이틀은 이미 가지고 계신 데 그 타이틀이 더 커졌네요."

"고맙습니다, 여러분들이 사랑해 주신 덕분이에요."

"이번 작품은 '글의 노래'라고 명명하셨는데, 혹시 제목을 그리 붙이신 이유를 여쭈어봐도 될까요?"

키스카의 표정이 아련해졌다.

벤의 질문이 나왔음에도 잠시 하얀 창틀을 가진 창밖에 시선을 주던 키스카를 본 벤이 급히 올리비아를 보았지만, 어차피 녹화 방송이었기에 편히 하라는 수신호를 본 벤이 가만히 키스카를 기다려 주었다. 한참 창밖을 바라보던 키스카가 입을 열었다.

"그렇게라도 그에게 내 글을 인정받고 싶었어요. 난 그와 달리 노래에 재능이 없었으니까요."

그녀가 얼마나 그를 사랑했는지 너무나 잘 알고 있던 벤의 표정이 애절해졌다.

"많이 그리우신가 보군요, 선생님."

키스카가 슬픈 미소를 지으며 고개를 끄덕였다.

"매일 보고 싶어요. 매일 아침 커피를 내밀며 웃어주던 그, 저기 저 피아노 앞에 앉아 항상 노래했던 그, 나와 함께 브롱스 동물원을 산책하던 그, 얼마 전 문을 닫은 아이스크림 가게에서 사 온 블루베리 청크 아이스크림을 흔들어 보이며 웃어주던 그 사람이 매일 생각나요. 단 하루, 단 한 순간도 그가 기억나지 않는 순간은 없답니다."

키스카의 슬픈 표정은 펑펑 우는 사람보다도 더 슬퍼 보였다. 잠시 목이 멘 벤이 옆에 둔 물을 한 모금 마신 후 헛기침을 해 목을 가다듬고 말했다.

"방송이 나가는 시점은 케이의 별세 5주년에 맞춰 나가게 됩니다. 오늘은 키스카 선생님의 이야기뿐 아니라 음악의 신이라 불렸던 케이에 대한 회고도 함께 하도록 하겠습니다. 먼저 자료 화면을 보시죠."

　방송에는 적당히 편집해 나가겠지만, 실제 촬영에서는 그럴 수 없기에 카메라 옆에 선 올리비아가 직접 확대 현상한 큰 사진을 들었다.

　사진 속에는 젊은 시절 건이 키스카를 뒤에서 안아주는 사진이었다.

　"저 사진은 참 유명합니다. 세기의 사랑을 하신 두 분의 사진 중 아름다운 사진으로 꼽히는 몇 개의 사진 중 하나였지요. 배경과 시간에 대해 설명해 주시겠습니까?"

　아련한 눈으로 사진을 보던 키스카가 옅은 미소를 지으며 말했다.

　"정확히 기억해요. 저건 케이의 첫 앨범인 'The Nature' 의 유럽 투어 때 사진이에요. 저는 그때 케이의 가족들과 미국 여행을 한 후 영국에서 합류했고, 저곳은 체코 프라하 근처의 강가 공원이었지요."

　벤이 자료를 보며 물었다.

　"'The Nature'라는 앨범 이야기가 나와서 말입니다만, 케이의 전설은 이때부터 시작되었다고 보면 되겠군요, 제대로 된 첫 활동이니까요. 아, 물론 그 전에 활동하며 낸 싱글 앨범들도 정말 좋았습니다. 자, 기록을 좀 볼까요? 역사상 최초로 앨범에 기록된 모든 곡이 빌보드 1위를 번갈아 했었죠?"

"네, 그랬지요. 처음 1위를 한 곡은 록 음악이었던 불의 노래였어요."

"맞습니다. 그리고 정확히 2주 후 힙합 음악이었던 땅의 노래가 1위를 했고, 뮤직비디오가 공개된 후 강렬한 댄스가 인상적이었던 바람의 노래가 1위로 올라섰지요. 놀라운 것은 1위부터 4위까지 모두 'The Nature'에 수록된 곡이었다는 것입니다."

"네, 그리고 마지막으로 물의 노래가 1위가 되었죠."

"그렇습니다. 처음에는 상당히 의외였어요, 가사도 없는 연주곡이 빌보드 1위라니, 놀라웠죠.

하지만 각종 라디오와 방송에서 끊임없이 그 음악이 흘러나오기 시작했고, 결국 가장 오래 사랑받은 곡은 물의 노래였지요. 빌보드 1위를 무려 13주나 했으니까요. 결국 케이는 'The Nature'라는 앨범의 네 곡으로 무려 25주간 빌보드 1위를 지켰죠. 믿어지십니까, 여러분? 일 년이 48주인데 그 반이 넘는 시간 동안 1위 자리를 지켰습니다. 결국 그 해의 그래미 시상식은 그가 모두 휩쓸었죠."

"호호, 그랬지요. 투어도 성공적이었고요."

"맞습니다. 한국에서 가장 먼저 라이브를 했었지요? 물론 하나의 프로그램이 아닌 많은 관객 앞에서 한 곡은 땅의 노래 하나였지만 말입니다. 그 후 전 세계 투어를 시작했고 중간에 학교를 졸업하기 위해 잠시 미국으로 돌아온 것을 빼고는 약 일 년간 전 세계 투어를 진행했었습니다."

"네, 저도 함께 다녔으니 잘 알고 있지요."

메인 카메라 옆에 있던 올리비아가 새로운 사진을 들었다. 학사모를 쓰고 있는 건의 볼에 뽀뽀를 해주고 있는 키스카의 모습이 담긴 사진을 본 벤이 물었다.

"다음 사진이네요. 이건 케이의 졸업 사진인가 보군요?"

"네, 맞아요. 투어 도중에 졸업을 했는데, 당시 줄리어드 학장님이 졸업식에 참여하지 않으면 졸업을 안 시켜주겠다고 협박을 하는 통에 학교로 돌아왔었지요. 호호, 알고 보니 CD에 사인받을 마지막 기회라고 부르신 것이더군요, 호호."

"아, 그러셨군요? 현재는 고인이 되신 학장님께 그런 재미있는 일화가 있었네요. 그럼 저 사진 뒤 편에 서 계신 분들은 지금 무엇을 하고 계신가요?"

두 사람이 주가 되는 사진 속, 뒤 편에 얼굴이 보이는 사람도 있고, 몸만 보이는 사람도 있었지만 키스카는 그 모두를 기억하는지 하나씩 설명했다.

"먼저 좌측 끝에 손목만 보이는 사람은 팡타지오의 손린 이사님이세요. 케이와 제게는 가족 같은 분이셨죠."

벤이 몸을 앞으로 내밀며 놀란 얼굴로 말했다.

"아~ 그래요? 얼굴이 나오지 않아 몰라뵀었네요. 이분이 세

계 최고의 마케팅 시상식인 'International Business Awards'
에서 'Best of the IBA Awards' 상을 열 번이나 수상하신 손
린 이사님이시군요. 뮤직 비즈니스를 하시는 분 중에 처음 이
상을 수상한 분이기도, 최다 수상을 한 분이기도 해서 무척 유
명하셨지요."

키스카가 미소를 지으며 말했다.

"네, 맞아요. 케이가 바람이 된 후 바로 돌아가셨지요."

"아…… 그러셨군요. 돌아가셨는지 몰랐습니다. 죄송합니
다. 유명하신 분치고는 별세 기사가 없었군요."

"조용히 가셨어요. 지인들만 지켜보았습니다."

"어홈…… 네, 그럼 그 옆에 계신 분도 얼굴이 안 나왔는데
이분은 누구신가요?"

"샤론 교수님과 존 코릴리아노 교수님, 레온틴 프라이스 교
수님이세요."

"아! 그 유명한 줄리어드의 교수님이셨군요. 레온틴 프라이
스 교수님은 그 후에 앨범 두 개를 더 내시고 백 세에 가까운
나이에 운명하셨지요. 그분의 음반은 현재도 레전드로 남아
있습니다."

"네, 그랬지요. 그리고 존 교수님은 제게 스승 같은 분이세
요. 아흔둘에 돌아가셨고 그분의 임종을 오빠와 함께 지켰지
요."

"하하, 아직도 그 오빠라는 말을 하시는군요. 한국말이라지요? 방송에서 가끔 선생님께서 케이와 함께 나와 오빠라고 부르는 것을 보고 많은 이가 이 단어를 따라 하고는 했지요. 덕분에 한국어 붐이 일어나기도 했고요."

"호호, 그런 일이 있었지요."

"샤론 교수님은…… 돌아가신 것으로 알고 있는데 맞나요?"

"네, 샤론 교수님은 오빠가 바람이 되고 한 달 후에 돌아가셨어요."

"으음…… 뭔가 주위 분들이 케이를 마지막까지 지켜준 것 같은 느낌이 드네요."

"저 역시 그렇게 생각해요."

"그것은 큰 축복이었겠네요."

키스카가 쓸쓸히 웃었다.

벤이 자료를 뒤져보다 물었다.

"케이의 주변인에 대해 조사한 자료인데, 선생님께서 '피아노의 노래'에 언급하신 케이의 두 친구에 대해서 좀 여쭤보려 합니다."

벤이 서류를 들어 보이며 말했다.

"이 작품에 나와 있는 케이의 두 친구인 '구시온'과 '페이'라는 분들에 대해서는 전혀 자료가 남지 않아서요. 사진도 다 찾아봤습니다만, 일상적인 사진 한 장 남아 있지 않네요."

키스카가 그리움에 잠긴 표정으로 말했다.

"두 사람은 사진 찍는 것을 싫어했어요. 어린 제가 억지로 카메라를 들이대도 고개를 돌려 버려서 막상 나온 사진들은 모두 흔들려 얼굴을 알아볼 수 없더라고요."

"그렇군요? 두 분은 어떤 분이었나요?"

"오빠가 임종할 때까지 그 옆을 지켜준 사람들이에요. 그리고 지금은 연락이 끊겼지요. 그래서 조금 서운해요. 어디서 뭘 하는지 소식이라도 전해주면 좋을 텐데 말이에요."

"아…… 그렇군요. 구시온 씨? 페이 씨. 이 방송을 보시면 키스카 선생님께 꼭 연락 부탁드립니다. 선생님이 많이 기다리시네요."

"오빠들, 꼭 연락 주세요. 기다리고 있어요."

키스카가 동조하며 멘트를 하자 벤이 살짝 웃은 후 올리비아를 보았다.

카메라 옆에 선 올리비아가 들고 있던 사진을 바꾸자 벤이 슬쩍 고개를 끄덕이며 자연스럽게 다음 이야기로 넘어갔다.

"지금 이 사진은 케이의 두 번째 정규 앨범 'Doll of Red Castle(붉은 성의 인형)'의 표지네요. 많은 사람이 앨범에서 언급된 인형이 누구인지 궁금해했었는데, 나중에 그것이 키스카 선생님이란 것이 밝혀져 화제가 되었지요"

"네, 저였지요, 그때 오빠가 앨범 하나를 모두 저에 대한 노래로 채워줘서 참 기뻤는데 말이에요."

"이 앨범은 첫 번째 정규 앨범이 나오고 3년 뒤 나왔는데요, 그때가 선생님이 열여덟이 된 해였죠?"

"네, 그랬어요. 실은 오빠를 좀 조르기도 했지요."

"네? 조르다니요?"

"저에 대한 노래를 만들어달라고 졸랐는데, 앨범 전체를 제 이야기로 채워줄 것이라고는 생각도 못 했어요, 호호."

"아…… 그랬군요. 그럼 어릴 적 선생님이 치기 어린 마음으로 졸라서 만든 앨범이 빌보드 1위는 물론이고 그래미와 아메리칸 뮤직 어워드까지 석권한 것인가요?"

"아무리 제가 졸라서 만든 앨범이지만 오빠의 음악이에요. 허투루 만들었을 리 없지요."

"하하, 대단하네요. 그럼 다시 2년 후 발표한 정규 앨범 'father(아버지)'는 어떤 뒷이야기가 있나요?"

"오빠는 어릴 적 아버지와 사이가 좋지 않았어요. 학교를 졸업하고 미국으로 가족 모두를 모시고 와 5년이 넘는 시간 동안 서로의 상처를 보듬어 안았고, 마침내 아버지와의 사이가 회복되었지요. 그때 만든 앨범이에요."

"그렇군요. 저도 이 곡을 듣고 참 많이 울었습니다. 아버지에 대한 사랑이라기보다는 잊고 있었던 과거, 내가 무척 어릴 때 나를 사랑해 주었던 아버지에 대한 추억이 떠올라 한동안

이었지만 아버지께 잘해야겠다는 마음도 들더군요."

"호호, 그래서 오빠가 어른들도 좋아하는 뮤지션이 된 것이
죠."

"하하, 맞습니다. 우리 부모님도 케이를 참 좋아하셨지요.
굳이 장르를 정하고 활동하는 뮤지션은 아니었지만 젊은 뮤지
션임에도 중장년층의 어마어마한 사랑을 받았던 것에는 다 이
유가 있었나 봅니다. 케이는 87세의 나이로 임종하기까지 총
10개의 앨범을 남겼고, 모든 앨범이 빌보드, 그래미, 아메리칸
어워드, MTV 뮤직 어워드까지 휩쓰는 기적을 이루었는데요.
모든 앨범의 모든 곡에 키스카 선생님의 가사가 녹아 있습니
다. 그렇지요?"

"네, 맞아요. 또 모든 앨범에 시즈카 언니와 케빈 오빠의 연
주가 함께 했죠."

"아! 제가 잠깐 잊고 있었군요. 그 두 분은 지금 어디 계십니
까? 요새는 활동을 안 하셔서 통 소식을 못 듣네요."

"함께 일본에 있어요."

"일본이요?"

"네, 케빈 오빠가 마흔 살 무렵이었지요. 15년이 넘게 구애
를 해 결국 시즈카 언니와 결혼을 한 후 행복하게 살고 있어
요. 지금은 노년이 되어 은퇴해 일본에서 살고 있고요."

"그건 알고 있지요. 무척 화제가 되었었으니까요."

"네, 당시 시즈카 언니는 케이 오빠를 좋아했지만, 케빈 오빠의 끈질긴 구애에 결국 넘어갔고, 전 경쟁자 하나를 없애버렸죠, 호호."

"하하, 그랬군요. 그러고 보니 케이와 선생님은 결혼을 참 늦게 하셨죠?"

"네, 오빠가 마흔넷, 제가 서른셋일 때 했으니까요."

"왜 그리 늦게 결혼하신 겁니까?"

"후후, 오빠가 절 여자로 보는데 그만큼의 시간이 걸린 것일 거예요. 워낙 어릴 때부터 봤으니까요."

"그랬군요, 당시 케이의 결혼 소식이 발표되었을 때 팬들이 안타까워했지만 상대가 선생님인 것이 알려지자 도리어 많은 사람이 축복해 줬었지요."

"네, 정말 감사하게 생각하고 있습니다."

"하지만 그 후에도 음악 활동을 멈추지 않고 오히려 더 왕성하게 활동하게 되었습니다. 이것은 두 분이 함께하며 만들어 내신 시너지라고 보는 전문가도 많고요."

"네, 매일 둘이 저 피아노 앞에 앉아 음악을 만들었어요. 지금도 저 피아노를 볼 때마다 오빠 생각이 나는 이유이기도 하지요."

"그렇군요, 케이의 임종 후 많은 국가에서 자신들의 나라에 케이의 묘를 만들겠다고 요청했다는 뉴스가 나왔지만, 결국 이곳 저택 내부에 케이의 묘가 안치되었습니다. 많은 분이 케이를 애도하기 위해 찾아오고 싶어 했지만, 저택 내부로 들이지 않으셨는데, 따로 이유가 있습니까?"

키스카가 미소를 지었지만, 그녀의 미소는 매우 슬퍼 보였다. 잠시 말을 잇지 못한 그녀가 창밖으로 시선을 던지며 말했다.

"조용히 가게 해주고 싶었어요. 앞으로는 나만 보고 싶은 마음도 있었고요."

키스카의 표정을 본 벤이 잠시 입을 닫았다.

스탭들도 모두 조용히 그녀의 슬퍼진 표정을 바라만 보고 있었고, 현장을 지휘해야 할 올리비아 역시 그녀의 깊은 슬픔에 말없이 고개를 숙였다.

잠시 후 인터뷰를 마친 스탭들이 몇 번이고 인사를 한 후 레드 캐슬을 떠나자 홀로 피아노 앞에 앉은 키스카가 아련한 표정을 지었다.

피아노 의자에 앉은 그녀가 피아노의 검은 몸을 쓰다듬다가 조용히 눈을 감았다.

별채에 적막이 흐르고 곧 그녀의 숨소리가 천천히 멎었다.

♪♪♩

하얀 구름, 따뜻한 바람이 부는 곳.

뭉게뭉게 피어오른 구름 위에 서른 명의 아기 천사들이 각자의 악기를 들고 지휘자에게 시선을 집중하며 아름다운 음악을 연주하고 있었다.

조금 떨어진 곳에 높게 올라온 구름의 언덕 위, 황금빛의 의자 두 개에 나란히 앉은 금발의 두 남자가 만면에 웃음을 띠고 그들이 내는 소리를 듣고 있었다.

짧은 금발의 남자가 하얀 원피스를 입고 의자에 앉아 옆에 앉아 있는 긴 금발 머리 남자에게 말했다.

"칼리엘이 불만스러워하더…… 라파엘."

라파엘이라 불린 긴 금발의 남자가 실소를 지었다.

"단번에 자기 위로 올라왔으니 그렇겠지, 거기다 내가 가서 좀 놀리기도 했고. 후후."

"하하, 자네도 참."

"미카엘, 그분께서는 뭐라고 하시나?"

"자네가 돌아와 무척 기뻐하고 계시지. 자네에게 가마긴이란 이름 대신 라파엘이란 이름도 주시지 않으셨나?"

"그래, 이름을 받을 때 뵌 이후에 다시 뵌 적이 없어서 물어봤네."

"항상 바쁘신 분이니 이해하게. 지금도 인간 세계를 둘러보고 계신다네."

"어디 계신가?"

"글쎄, 어딘가 계시겠지. 신은 어디에나 계신 법이니까. 인간이 삶을 포기할 때 누군가 삶의 방향으로 등을 돌려준다면 그곳에 바로 신이 계신 것 아니겠는가."

"후후, 그렇지."

미카엘과 라파엘이 담소를 나누고 있는 금빛 의자 뒤에서 한 쌍의 남녀가 모습을 드러냈다.

곱슬거리는 긴 금발을 가진 남자가 두 사람의 앞에 와 정중히 인사를 올렸다.

"미카엘, 라파엘 님을 뵙습니다."

라파엘이 장난스러운 표정으로 웃었다.

"허허, 그래. 칼리엘 잘 지냈는가? 그 낮은 계급은 평안하고?"

칼리엘이 인상을 찌푸리며 고개를 들자 싱글거리는 라파엘과 어이없는 미소를 짓고 있는 미카엘이 보였다.

칼리엘이 라파엘을 가리키며 말했다.

"이거 진짜 반칙 아닙니까?"

"킥킥, 부러우면 자네도 좋은 아이를 키워보게."

"후우, 정말 한번 생각해 봐야겠습니다."

두 사람을 보고 있던 미카엘이 짙은 미소를 지으며 말했다.

"왜? 내 위로 올라오고 싶은가 보지?"

"헉! 아, 아닙니다!"

당황하는 칼리엘이 웃겼는지 미카엘과 라파엘이 동시에 웃음을 터트렸다.

라파엘이 칼리엘 뒤에 숨어 있는 십 대 소녀를 보며 고개를 내밀었다.

"나나엘, 잘 있었지?"

나나엘은 아직도 가마긴 시절의 라파엘을 잊지 못했는지 고개를 잔뜩 움츠렸다.

"네, 네! 가마…… 아, 아니, 라파엘 님!"

"그래, 자네에게는 고마운 것이 많지. 그리 어려워 말게."

"네…… 아, 알겠습니다."

칼리엘과 나나엘이 몸을 돌려 천사들의 연주를 지켜보았다. 잠시 아름답게 울려 퍼지는 음악을 듣고 있던 칼리엘이 천사들의 악대 맨 앞에서 지휘를 하고 있는 자를 보며 말했다.

"저 녀석은 천사가 되어서까지 음악을 놓지 않는군요."

나나엘이 고개를 저으며 말했다.

"천사가 아니에요, 칼리엘 님. 하급 신이지만 이제 신이 된 사람이니 함부로 말해서는 안 됩니다."

칼리엘이 불만스러운 표정으로 말했다.

"라파엘 님도 그렇고, 저 녀석도 그렇고! 이제 말도 함부로 못 할 지경이라니, 불공평하군!"

칼리엘의 질투 어린 말을 들은 라파엘이 자리에서 일어나 천사들의 악대에 다가가며 말했다.

"후후, 그리 보지 말게."

천사들의 악대는 아름다운 음악을 연주하다 라파엘이 다가오자 연주를 멈추고 각자의 자리에서 고개를 숙였다.

웃음을 가득 지은 채 지휘를 하던 지휘자가 모든 악대가 음악을 멈추자 뒤를 돌아보았다. 다가오는 라파엘을 보며 더욱 환한 웃음을 짓는 이는 젊은 시절의 건이었다.

"라파엘 님!"

라파엘이 아름다운 웃음을 지으며 자신과 똑같이 생긴 건의 어깨에 손을 올렸다.

"그리 재미있더냐?"

"네! 언제나 재미있어요!"

"하하, 그래. 이제 시간이 되었으니 가보자꾸나."

"네! 하하."

라파엘의 손을 잡은 건이 그를 따라 구름 사이를 거닐었다.

"오 년 동안 그리도 기다렸었지. 기쁘냐?"

"네, 기뻐요!"

"인간의 세상에서는 슬퍼할 게다."

"어차피 기다리면 다 이곳으로 올 텐데요, 뭐."

"후후, 그렇긴 하지."

라파엘과 건이 도착한 곳에 구름 사이로 길게 아래로 이어진 하얀 계단이 보였다.

계단의 끝에 모습을 드러낸 작은 인영이 맨 위에서 자신을 기다리는 건을 보고는 기쁜 몸짓으로 계단을 뛰어 올라왔다.

"허허, 저 아이는 언제나 널 좋아해 주는구나."

"하하, 세상에서 가장 소중한 사람이니까요."

"가보거라. 가서 맞아줘야지."

"네!"

건이 계단을 뛰어 내려갔다.

멀리서 힘차게 계단을 뛰어 올라오는 작은 소녀가 백금발의 머리를 휘날리며 눈에 눈물방울을 매달고 웃으며 소리쳤다.

"케이 오빠!"

환한 웃음을 만면에 가득 짓고 계단을 뛰어 내려가는 건이 외쳤다.

"하하! 키스카! 늦었네!"

〈악마의 음악 : Other Voices 완결〉